徳 間 文 庫

火照《ほて》るんです。

草凪　優

徳 間 書 店

目次

第一章　男の夢

1

（なんてせつなそうな顔であえぐんだ……）

　伊吹浩太郎はたっぷりと量感のある乳房に指を食いこませながら、きりきりと眉根を寄せていく女の顔を見つめた。

　清楚《せいそ》な純和風とでも言えばいいだろうか。小さな瓜実顔《うりざね》の、美しい顔立ちをしていた。細く整えられた眉、すっきりと切れ長の眼。鼻筋は小高く通り、紅《あか》いルージュに濡《ぬ》れた薄い唇が妖しい。

　しかしいまはその切れ長の眼を伏せ、紅い唇を半開きにして、食いしばった白い歯列をのぞかせている。

声をこらえているのだ。

パンティ一枚に剝《む》いた肢体は女の発情を示す甘ったるい匂いのする汗を浮かべ、揉《も》みしだいている乳房の頂点では燃え盛る炎のような色をした乳首が硬く尖《とが》りきっているのに、女は感じてしまうことに罪の意識でもあるかのように、頑《かたく》なに歯を食いしばって声を出さない。

名前も知らない女だった。

薄暗いなかにベッドが置かれたこの場所も、どこだったのかよく覚えていない。

自分の部屋ではなかった。とはいえ、女をパンティ一枚に剝き、浩太郎もブリーフ一枚になったその下で男の欲望器官をいきり勃《た》たせているのだから、ラブホテルか、あるいは女の部屋というところだろう。

だが、そんなことはどうでもいいことだった。

いま手にしている豊満な肉のふくらみが、すべてをどうでもいいことにさせた。まるで搗《つ》きたての餅《もち》のように柔らかいのに、揉みしだくほどに内側からしこって、手のひらに吸いついてくる、たまらない乳房だ。

三十年間生きてきて、これほど揉み心地のいい乳房に出会ったのは初めてである。

いや、乳房だけではない。

くっきりとくびれた腰も、乳房よりなお量感に富んだヒップも、息を呑むほどだった。

素肌はミルクを溶かしこんだように白く、すべすべに輝いて、瑕《きず》ひとつ見あたらない。腰まで届きそうなストレートの長い黒髪はシルクのような光沢を放ち、うっとりするような触り心地がする。

年は二十代後半から三十くらいだろうか。

とにかく、これほど極上の女とベッドをともにした経験は、浩太郎にはなかった。彼女が誰で、ここがどこであるかよりも、すべてを忘れて行為に没頭していたい。

「……ずいぶん恥ずかしがり屋なんだな？」

桜色に染まった耳にささやきかけると、そこが敏感な性感帯なのだろう、女はぶるるっと身震いして浩太郎の胸板に顔を押しつけてきた。

「少しくらい声を出してくれたほうが、こっちも盛りあがるんだけど……」

黒髪を撫《な》でながらささやいたが、女は胸板に顔を押しつけたまま、いやいやと身をよじるばかり。ならば、と浩太郎は奮いたった。声をこらえきれないほど感じさせてやるまでである。

黒髪を撫でていた手を、じわじわと下に下ろしていく。

肉の薄い背中から、腰へ。くびれのカーブを手のひらでじっくりと味わいつつ、丸々と張りつめたヒップの丘へ。

女は黒いレースのパンティを穿《は》いていた。

ざらつきのあるレースの生地と、そこからはみ出した尻丘のつるつるした触り心地が、たまらないハーモニーを奏でてくれる。

「んんんっ！」

浩太郎が手指を体の前面に移動させると、女は鼻奥で悶えた。

ねちり、ねちり、と、こんもり盛りあがった恥丘を撫でまわしてやる。

女はまだ太腿をかたく閉じていたけれど、閉じた太腿の間からは、むっとする熱気が漂ってきた。湿り気を帯び、獣じみた匂いを孕《はら》んだ妖しい熱気だ。声は出さずとも、女体は充分に感じているらしい。

指を恥丘の下にすべりこませていくと、女は身をよじった。だが、本気で嫌がっているわけではない。羞《は》じらっているのだ。上品な黒いレースのパンティを湿らせていることが、身をよじるほど恥ずかしいのだ。

（たまらないな……）

浩太郎はパンティのフロント部分をめくり、なかに指を忍びこませていく。溶けだしたバターのような粘液が、ねっとりと指にからみついてくる。

「くぅうっ！」

女が鋭くうめいた。

「……ぐっしょりじゃないか？」

浩太郎が勝ち誇った声で言うと、

「ううう っ……」

胸板に押しつけられた女の顔は、みるみる真っ赤に染まっていった。

「恥ずかしがってるわりには、けっこう好き者なんだな」

浩太郎は羞恥心《しゅうち》を煽《あお》るようにささやき、パンティのなかで指を動かした。実際、ぐっしょりと濡れていた。くにゃくにゃした花びらをそっとめくると熱い花蜜がどっとあふれて、指先に淫らがましくからみついてきた。

とはいえ、彼女はけっして「好き者」という雰囲気ではない。むしろどこまでも清楚な雰囲気なのに、まだ下着も脱がす前から大洪水というところが、男心を激しく揺さぶりたてくる。一刻も早く結合したくて、いても立ってもいられなくなってくる。

「こんなに濡らしているなら、もう前戯なんて必要ないな……」

鼻息も荒く女体からパンティを奪い、上体を起こした。

羞じらう女の両脚を開き、恥ずかしい部分を丸出しにしてやる。

視界がかなり薄暗かったので女の花をつぶさに眺めることはできなかったけれど、両脚をM字に割られて羞恥にあえぐ女の姿に、浩太郎の動悸は乱れきっていく。

ブリーフを脱ぎ、勃起しきった肉茎を花唇にあてがった。

ぷりぷりと肉が厚く、花唇が亀頭に口づけをするように吸いついてくる。

「い、いくぞっ……」

浩太郎は興奮に声を震わせて、腰を前に送りだした。

「んんんっ……くぅうううう〜っ！」

両脚の間をずぶずぶと貫かれる衝撃に、女はもがいた。喉を反らせ、首筋に血管を浮かべ、ちぎれんばかりに首を振った。長い黒髪が波打つようにうねうねとうねり、薄闇のなかで艶《なま》めかしい光沢を放つ。

「……むうっ！」

浩太郎はもがく女体を抱きしめ、鋭く腰をひねった。淫らにぬめる女の坩堝《るつぼ》に、いきり勃つ男根を深々と沈めこんでいく。

「はっ、はぁああああ〜っ！」

女はさすがに声をこらえきれなくなり、浩太郎の腕のなかで釣りあげられたばかりの魚のように跳ねあがった。

（す、すごい締まりだ……）

浩太郎はおのが男根を包みこんでいる蜜壺《みつつぼ》の感触に陶然となった。味わったことがないような生々しい快感に、息を吞んでしまう。びしょ濡れの肉ひだが隙間《すきま》なくぴったりと吸いついてきて、おまけにひくひくと蠢動《しゅんどう》しながら締めつけてくるのだ。

「むううっ……むうううっ……」

すかさず腰を使いだした。じっとしていられなかった。凶暴に張りだしたカリ首でぬめった女肉を逆撫でし、あふれる花蜜を搔《か》きだしてやる。ずちゅっ、ぐちゅっ、と卑猥《ひわい》な肉ずれ音をたてて、性器と性器をしたたかにこすりたてる。

「くううっ……くぅうううっ……」

女はそれでも必死に声をこらえて、浩太郎にしがみついてくる。淫らな声を出すかわりに浩太郎の背中に爪を立て、めちゃくちゃに搔き毟《むし》ってくる。

血の出るような力だったが、痛くはなかった。

むしろそうやって歓喜を伝えてくれることに興奮し、浩太郎は夢中で腰を振りたてた。こりこりした子宮を怒濤《どとう》の連打で突きあげ、狭苦しい蜜壺の感触をむさぼり、呼吸も忘れて恍惚《こうこつ》への階段を一足飛びに駆けあがっていく。

（ま、まずいっ……）

あまりに夢中で腰を使ったので、瞬く間に射精の前兆が迫ってきた。いくらなんでも早すぎると思ったが、耐え難い勢いでこみあげてくる。それでも腰の動きをとめることができない。抱きしめた女体が浮きあがるほどの勢いで抜き差しする。

「ああっ、だめっ……だめええええーっ！」

ついに女が喜悦に歪《ゆが》んだ悲鳴をあげ、総身を反らしてゆき果てる。次の瞬間、浩太郎の体の芯《しん》に痺《しび》れるような快美感が走り抜け、どぴゅっと熱い爆発を起こした。

2

「……うわっ！」

浩太郎は自分の叫び声でベッドから飛び起きた。

カーテンの隙間からまぶしい西日が差しこんでいて、寝ぼけまなこをすぐに細める。

唖然《あぜん》とするほど狭いスペースに、シングルベッドと形ばかりの家具が押しこまれた殺風景なワンルーム——一週間前から借りている、東京のウィークリーマンションだ。

（……嘘だろ）

下半身に異変を感じ、ブリーフのなかを探ってみると、生温かい粘液が手のひらにべっとりと付着した。

直前まで見ていた夢に興奮し、夢精してしまったらしい。

夢精など、小学校五年生以来の現象だ。しかもそれは精通——生まれて初めての射精だったので、純粋に溜まりすぎて漏らしてしまったことは初めてである。

（いい歳《とし》して夢精かよ……）

あまりの衝撃に、しばらくベッドから出ることも、手のひらをティッシュで拭《ぬぐ》うことすらできなかった。

浩太郎は今年三十歳になったばかり。半年ほど前、勤めていた静岡の印刷会社をリストラされ、現在失業中の身だ。地元での就職活動がうまくいかず、起死回生を目指して上京し、就職活動をしているものの、それも芳しくない状況だった。もうすぐ季節は春だというのに、ひとり冬眠中のようなみじめな境遇なのである。

それにしても、夢精とは驚かされる。

就職活動がうまくいかないストレスで、近ごろは自慰をする気力すらなかったけれど、三十になって夢精とは……。

（最後にセックスをしたのって、いつだ……）

二年前に別れた恋人が、気持ちの通った情交をした最後の相手だった。それ以来ステディな彼女はいないから、会社を馘《くび》になった夜にやけくそで買ったデリヘル嬢が最後だ。それにしても、もう半年も前の話である。

虚《むな》しい溜め息をついてベッドから出て、ユニットバスに入った。

熱いシャワーを浴びながら、先ほどの夢をぼんやりと思い返した。

すこぶるいい女だった。

片思い中の相手や、かつての恋人や、女優やタレントが夢に出てくることはよくあるけれど、見たこともない女が出てくることは珍しい。浩太郎は昔から惚《ほ》れっぽいほうで、ひとつでも相手にいいところがあるとすぐに好きになってしまうのだが、あとから欠点を見つけて後悔することが多い。夢の女はいわば、そんな浩太郎の理想をすべて集めたような女だった。もちろん、見た目と抱き心地に関してだけだが……。

(とにかく、さっさと就職先を見つけてアパート借りなきゃな……失業者でウィークリーマンション暮らしじゃ、女なんて寄ってくるわけないぜ……)

とはいえ、今日は日曜日。ハローワークも会社も休みである。職務経歴書を練り直したり、来週面接に行く予定の会社についてインターネットで調べたりしようかとも思ったが、夢精のショックでどんより曇った気分を晴らすため、散歩に出ることにした。

あてもなく歩いた。

地理に不慣れなのであまり遠くまで行きたくはなかったが、田舎と違って東京はどこまでも町が続いている。見晴らしのいいところに出たらそこで休憩して引き返そうと思っていたのに、いっこうにそんな場所には出くわさず、ようやくどこかの河原に辿《たど》り着いたときには、ゆうに二時間以上が経過していた。午後遅くまで寝ていたので、夕暮れ近い時刻になってしまった。

（あれ、このあたり……）

暮れなずむ河原の景色に、見覚えがあった。

浩太郎は幼少時代、父の仕事の関係で転校を繰りかえしていた。静岡に落ち着くまで日本全国十以上の土地で暮らしたことがあり、東京にも一年だけ住んでいたことがある。

東京の下町だ。

近所に川が流れていた。

橋のたもとまで行って看板を確認すると、隅田川と書かれていた。

間違いない。

自分はたしかに、昔この付近に住んでいた。

（しかし……小五っていえば十一歳……ほとんど二十年前だぜ……）

なんだかわくわくしてきて、おぼろげな記憶を頼りにかつて住んでいた場所を探した。

当時でもかなり古いアパートだったから、建物はもう残っていないだろう。アパートはわりとにぎやかな商店街の裏にあり、とうふ屋や乾物屋や八百屋が昔ながらの商売をしていた。とはいえ、この二十年の間にはバブルの地上げブームがあったことだし、ずいぶん様変わりしていることだろう。

期待と不安に胸を躍らせ歩きだすと、やがて見覚えのある商店街にぶつかった。

びっくりするほど昔と同じだった。

記憶にあったより規模が小さく、シャッターを閉めている店も目立って、活気はあまりなかったけれど、町並み自体はほとんど変わらない。とうふ屋も乾物屋も八百屋も健在で、煮染《にし》めたような色の看板から時代にとり残された哀愁が漂ってきた。

商店街の裏にまわると、かつて住んでいたアパートまでそのまま残っていた。錆《さ》びついた外付けの階段がいまにも崩れ落ちそうだったが、住人はいるようだ。

(すげえなあ。こんな風呂も付いてないようなアパートに、いまどき……)

唖然としている浩太郎の眼に、夕暮れ空にそびえる煙突が飛びこんできた。

銭湯の煙突だ。

曖昧《あいまい》だった二十年前の記憶が、次第に輪郭をともなってくる。

いままで十以上の町を引っ越してきたけれど、銭湯に通っていたのはこの町に住んでいたときだけだった。次の町に移り住んだとき、アパートの小さな内風呂を見てひどくがっかりしたものである。

子供にとって銭湯はとびきりの遊び場だった。

放課後いったん別れたクラスメイトと、夜銭湯で再会するのが楽しみでならなかった。

毎晩が修学旅行のようにはしゃいでいた。はしゃぎすぎると、体に絵が描いてある怖い人に怒られた。時代がおおらかだったのか、下町という土地柄のせいか、当時は刺青《いれずみ》の人でも平気で銭湯に入っていたものだ。

（あれ……）

ところが、辿りついた『花の湯』は閉まっていた。定休日ではないようだった。年季の入った引き戸に「都合によりしばらくお休みします」という貼り紙がされていた。紙が茶色く日焼けしている様子から、ずいぶん長い間休んでいるような雰囲気である。

時代の趨勢《すうせい》に負けて廃業してしまったのだろうか？

浩太郎は溜め息をついて『花の湯』を見上げた。

寺院のような立派な破風《はふ》づくりだ。

裏にまわると、いまにも朽ち果てそうな木戸を見つけ、記憶がどんどん蘇《よみがえ》ってきた。

この木戸の脇にある隣家との隙間を奥に進んでいったところに、女湯をのぞき見できるポイントがあるのだ。

銭湯を出るときクラスメイトの女の子とすれ違うと、少年時代の浩太郎は湯冷めもいとわずその場所に直行した。とはいえ、まだ自慰することを知らなかったので、女の子のヌードを眺めても、ただ胸の鼓動を高鳴らせるだけだったが。

（あいつ、どうしたかな……）

幼い浩太郎の胸の鼓動をいちばん高鳴らせたのは、クラス委員の待山菜々子だった。

悪戯《いたずら》小僧だった浩太郎にとって真面目な菜々子は天敵であり、喧嘩が絶えなかったのだが、よくあるパターンで本当は好きだった。初恋の相手と言ってもいいかもしれない。気の多い浩太郎だから、保母さんとか担任の先生とか、菜々子に出会う前にも好きになった人はいたような気がするけれど、やはり菜々子の思い出がいちばんんだ。

一度だけ、裸をのぞいたことがある。

菜々子は『花の湯』のひとり娘だった。

多感な少女にとってそれはかなりのコンプレックスだったらしく、「やーい、風呂屋の娘。おまえ、家で男の裸ばっかりのぞいてるんだろ」とからかったときには、いつもは気丈な彼女なのに大声で泣きじゃくった。話を聞いた担任教師に浩太郎は殴られ、何度も菜々子に頭をさげさせられたけれど、菜々子は泣きやまなかった。

菜々子が意地悪で泣きやまないと思った浩太郎は、あまりの悔しさにその日の夜、何時間も粘って菜々子が風呂に入るところを初めてのぞいたのだった。胸もふくらんでいなければ、無毛な股間からはくっきりと割れ目が見えている、清純な裸身だった。感動的なまでに美しく、いい匂いがしそうだった。抱きしめたいと思った。十一歳の浩太郎に精通が訪れたのは、その翌朝のことだった。

「……あっ」

そのとき、眼の前の木戸が開いて女がひとり、姿を現わした。

浩太郎は息を呑んで動けなくなった。

女の容姿が、今朝夢で見たのと瓜二つだったからである。

3

「あの、なにか……」

女は伏し目がちにつぶやいた。

「お風呂でしたら、申し訳ありませんけど、まだ……」

「いや、その……」

浩太郎はしどろもどろに言葉を継いだ。

「も、もしかして、この家の人ですか？　銭湯の？」

「ええ」

「じゃあ、その……ま、待山菜々子さん？」

「……そうですけど」

菜々子が怪訝《けげん》な顔を向けてくる。

「お、俺、伊吹浩太郎です……お、覚えてるかな？　小学校五年生のとき、一年だけクラスメイトだった……このお風呂にも毎日通って……」

「……ああ」

菜々子は相好《そうごう》を崩した。柔らかな笑顔だった。

「浩太郎くん、覚えてます……いじめっ子だった」

「いじめっ子はひどい」

浩太郎は苦笑した。

「そりゃあちょっとは意地悪したことはあったかもしれないけど……悪意があってやってたわけじゃなくて……」

「じゃあ、悪戯っ子」

今度は反論できなかった。

「でも、面影全然ないね。言われなくちゃわからなかった」

菜々子がくすくすと笑う。

「そ、そっちこそ……」

浩太郎は息を呑んで菜々子を見つめた。毛も生えていなかった少女がこんな大人に成長したのかと思うと、なんだか感極まってしまう。

「うちになにか用？」

菜々子が首をかしげる。

「いや……ちょっと前を通りかかったから、懐かしくなっただけ……」

浩太郎は自分でも滑稽《こっけい》なほど緊張していた。いい歳をして馬鹿じゃないかと思ったけれど、眼の前にいる菜々子はしたたるような色香をたたえた大人の女になっていた。笑顔ひとつとっても、当たり前だがクラス委員時代の無邪気な笑顔とは違う、三十路《みそじ》の女の大人びた笑顔だ。

それにも増して、今朝の夢に出てきた女にそっくりだったことが、激しい動揺を誘った。腰まで届きそうな長い黒髪も、清楚で純和風な美しい顔立ちも、完全に夢で見たままだ。スタイルまでは分厚いコートを着ていたのでわからなかったが、きっと素晴らしいに違いない。

「あ、あのさ……」

　思いきって切りだしてみた。

「いま、ちょっと時間ある？」

「どうして？」

「できれば、銭湯のなか見せてもらえないかなあ。俺、二十年ぶりにこの町に来たんだよ」

「二十年ぶりってことは……転校してから初めてってこと？」

「そうそう」

「そっか……」

　菜々子は黒眼をくるりと一回転させ、悪戯っぽく笑った。

「それじゃあ、断れないね」

『花の湯』のなかは、少年時代の記憶そのままの光景がひろがっていた。大げさではなく、昭和の時代にタイムスリップしてしまったかのような強烈なノスタルジーにあふれ、空気まで蜜色に輝いて見えた。

いつから時を刻んでいるのか訊《たず》ねたくなる重厚な柱時計。目方を針で示す体重計は黒光りして、さらに年季が入っている。女湯との仕切りに張られた鏡には剝《は》げてしまった「祝」の文字と、近所の工務店の宣伝。脱いだ服を入れるのはロッカーではなく、籐《とう》の籠《かご》だ。残念ながら電源が切られていたが、ガラス張りの冷蔵庫には本来ならコーヒー牛乳が冷えていることだろう。呆《あき》れるほど高い天井には、並みの温泉やスパなどではとても出せない解放感があった。

そしてなんといっても素晴らしいのは、番台である。きちんと昔ながらに、男湯と女湯の両方を見渡せる高い位置に座れるようになっていた。

（ガキのころは、一度でいいからここに座ってみたいって思ったよな……）

子供のころは上背もなかったので、小銭をやりとりするどさくさでちらりと女湯をのぞき見ることもできなかったのだ。

だが、感動している浩太郎をよそに、菜々子の表情は晴れなかった。

近況を訊ねると、ますます曇っていった。

なんでも、親父さんが酒の飲みすぎで肝臓を悪くしてしまい、ひと月ほど前に入院してしまったらしい。命に別状はないというが入院は長引きそうで、菜々子ひとりでは銭湯の営業もままならないという。

「でも、あれだろ？　親父さんが退院すれば、またやるんだろ？」

浩太郎が訊ねると、

「どうだろう……」

菜々子は深い溜め息をついた。

「まだぎりぎり五十代だから老けこむには早いんだけど……お父さんだって、病みあがりで力仕事はきついだろうし……もしかしたらやめちゃおうって話になるかも」

菜々子は『花の湯』のひとり娘で、母親は小学校五年生の時点ですでに他界していた。

「そんなことになったら、内風呂のない人が困るよ」

「そうなんだけど……」

菜々子は困った顔で薄い唇を嚙《か》みしめる。

「人、雇えばいいじゃない？」

「だめよ。ろくにお給料払えないから、家族でやるのが精いっぱい」

「あ、あのさ……」

浩太郎は菜々子の顔色をうかがいつつ訊ねた。

「立ち入ったこと聞くようだけど……結婚はしなかったの？」

「……してたわよ」

浩太郎の心臓は、どきんとひとつ跳ねあがった。

「三年前に亡くなっちゃったの。交通事故で。わたしがひとり娘だからって、婿養子に入ってくれてうちの仕事手伝ってくれてた、本当にいい人だったんだけど……」

菜々子は庭に面したガラス戸を開け、脱衣所に新鮮な空気を入れた。

昔見た『花の湯』の庭はもっと緑にあふれていたような気がしたけれど、季節のせいか人手が足りなくて手入れが行き届かないのか、枯れ木と岩ばかりが目立つ。

「……悪いこと聞いちゃったな」

「……いいのよ、べつに」

菜々子は背中を向けたまま答えた。淋しそうな背中だった。未亡人の背中だと、浩太郎は思った。銭湯のなかは昔とちっとも変わらなくとも、菜々子の細い背中にはしっかりと二十年の時が刻まれているらしい。

「あのさあ……」

浩太郎はわざとらしいほど明るい声をあげた。

「よかったら、俺が銭湯手伝ってやろうか？　いやぜひ手伝わせてくれ」

「えっ？」

菜々子が驚いた顔を向けてくる。

「実は俺、いま失業中で就職活動に行きづまってるんだ。その気晴らしに……って言っちゃ失礼だけど、しばらく違うことやってみるのも面白そうだし。あ、金の心配はいらないぜ。飯だけ食わせてくれればボランティアでやらせてもらう」

思いつきから出た言葉だったが、意外にいいかもしれない。ウィークリーマンションの家賃が持ち出しになるが、二、三カ月なら貯金でなんとかなるだろう。

「……いったいなにを言いだすの？」

菜々子は呆れたように苦笑した。

「突然現われて、そんなこと……もしかして、同情してくれてるのかしら。だったら、よけいなお世話だけど」

「よけいなお世話か……」

菜々子の顔に気丈さが戻ってきて、浩太郎は少し嬉しくなった。

「まあ、そうには違いないけど、正確には同情じゃなくて恩返しだよ。俺、この『花の湯』にたくさんいい思い出があるし……それに、さっき昔住んでたアパート見てきたんだけど……」

「すみだ荘？」

「ああ。まだ立派に人が暮らしてるじゃん。ってことは、あそこの住人、ここが休みで、ものすごく困ってるわけじゃん。先輩住人としては、ちょっと見過ごせないっていうかさ……」

「でも……」

菜々子はあかね色の空がとっぷりと暮れてしまうまで逡巡《しゅんじゅん》していたが、結局、浩太郎の提案を受けいれてくれた。長い休みが、近所の人たちに迷惑をかけているという罪悪感もあっただろう。だがそれより強く、営業を再開することで、菜々子自身がなにかのきっかけをつかみたいように、浩太郎には感じられた。夫との死別、父親の入院と、三十路を迎えた菜々子は、背中に暗い影を背負いすぎていた。

4

翌日、浩太郎はウィークリーマンションを引き払って、『花の湯』に向かった。

ボイラー室の隣に昔従業員が住んでいた四畳半があり、そこでいいなら使ってもいいと菜々子に言われたのだ。菜々子と父親の住まいは銭湯の裏の一軒家だからひとつ屋根の下というわけにはいかないけれど、食事も運んできてくれるという。

（殺風景なウィークリーマンションより、ずっと居心地よさそうじゃないか……）

赤茶けた畳に寝っ転がると、妙に落ち着いた気分になった。家具がなにもなかったので四畳半でも充分に広いし、昔ながらの木製の引き戸が味わい深い。それにボイラー室の隣だから、ぬくぬくと暖かそうだ。夏になったら暑くてしようがないだろうけれど、それまでここに居候《いそうろう》していることはないだろう。夏ごろにはもう、菜々子の親父さんが働けるようになっているはずである。

(しかし、まさか銭湯の住人になれるとはな……)

人生とは本当にわからないものだ。三十になってしたたるような色香をたたえた菜々子にもかなり気を惹《ひ》かれているが、それ以上にここに住んでいれば女湯がのぞき放題なのだ。小学生のころは寒空のなか遠い脱衣所をのぞいていたけれど、今度はぬくぬくしたボイラー室からシャボンにまみれた女体を嫌というほどのぞけるのである。温度調整などどうせ機械が勝手にやってくれるだろうから、時間はたっぷりあるだろう。昼間は就職活動のための勉強に精を出し、夜はのぞき放題となれば、二、三カ月を棒に振っても充分おつりがくる計算である。

「ねえ、浩太郎くん」

木戸がノックされ、菜々子が顔を出した。

「やっぱり食事運んでくるの面倒だから、母屋《おもや》で一緒に食べちゃって」

「ああ、いいけど……」

母屋に向かうと、居間の炬燵《こたつ》の上にすでにおかずが並んでいた。魚の煮つけ、野菜の天ぷら、冷や奴、ひじきにおひたし、味噌汁は赤だしだ。

「へええ、昼からずいぶん豪華だな」

炬燵に足を入れながら、浩太郎は眼を丸くした。

「夜がどうしても簡単なものになっちゃうからね。仕事の合間におにぎりとか」

「まあ、そうだろうな……」

浩太郎はうなずき、茶碗《ちゃわん》に盛られたごはんを受けとる。炊きたてのごはんを食べるのは、東京に来てから初めてだった。おかずも旨《うま》かった。上京して以来、家庭料理に飢えていたのだ。

（こういう奥さんがいたら最高だよな……）

亡くなったご主人に、猛烈な嫉妬《しっと》を覚えてしまう。こんなに美人で料理がうまい嫁を娶《めと》るとは、男子の本懐だ。いい歳をして仕事もなく、女湯をのぞき放題だと脂下《やに》がっている男とは大違いである。

（んっ？　あの人か……）

居間の襖《ふすま》が少しだけ開いていて、隣室の仏壇が見えた。おそらく亡夫だろう。遺影が飾られている。よくは見えないが、笑顔の似合うやさしげな顔立ちの男だった。下町の銭湯で働いているより、山の手の学習塾の先生のほうが似合いそうだ。

「どうしたのムスッとして。おいしくない？」

菜々子が心配そうな顔で見つめてくる。

「い、いや、旨いよ……」

浩太郎はあわてて笑顔をつくった。

「正直、びっくりするくらい旨い。優等生っていうのは、なにやらせても優等生なんだなって思ってたところさ」

「歯の浮くようなお世辞はやめてよ」

菜々子が苦笑する。浩太郎は、亡くなった夫に嫉妬したと言おうとしてやめた。大人になった菜々子には、したたるような色香とともに、そういう軽口を許さない雰囲気があった。

「それでね……」

菜々子があらたまった口調で言った。

「ちょっと相談があるんだけど……」

「なんだい？　なんでも言ってよ」

浩太郎が味噌汁を啜《すす》りながら答えると、菜々子は上目遣いで言葉を継いだ。

「今日からここのお風呂、ふたりでやっていくわけじゃない？」

「ああ」

「仕事の分担なんだけど……父がいたときは、わたしが番台に座ってたんだけど……浩太郎くんにやってほしいの」

「……えええっ？」

浩太郎は飲んでいた味噌汁を吹きだしそうになった。

「そ、そりゃあ、まずいだろ……」

すけべを自認する浩太郎でも、番台に座ることまでは考えていなかった。いくらなんでも、そこまで図々しくはない。入院している親父さんのかわりに、掃除をはじめとした肉体労働を手伝うつもりだったのだ。

「どうしてまずいの？」

菜々子が恨めしげな眼で見つめてくる。

「いや、その、なんていうか……」

「後ろめたい気持ちがあるから、まずいなんて思うんでしょ？」

「そうじゃないよ」

ボイラー室からこっそりのぞき見し放題なのに、どうしてわざわざ番台なんかに座らなきゃなんないんだよ、とは思っていても言えなかった。

「だったらいいじゃない」

菜々子は涼しい顔で言った。

「それにね、期待しててもがっかりするだけよ。いまどき銭湯に来る女の人なんて、おばあちゃんか、よくてもおばさんばっかりだもん」

「い、いや、そういう問題じゃなくてだね……」

浩太郎は焦った。銭湯の番台とは、男が「夢の仕事」に掲げる筆頭かもしれない。脱衣所にロッカーがなく、脱いだ衣服を籐の籠に入れる昔ながらの『花の湯』であれば、盗難防止のために堂々と女湯にも眼を光らせることができる。番台にいるこちらの姿も、女湯からとはいえ、その緊張感はなまなかではないだろう。まだ三十になったばかりの比較的若い浩太郎がいやらしい眼つきをして丸見えだからだ。頼まれても裸身など見たくないようなばあさんに限って猜疑《さいぎ》の視線を向けてきそうである。

「そっちは、なんで番台に座りたくないんだよ?」

菜々子に訊ねると、

「世間話が面倒なの」

苦々しい顔で答えた。

「みんな顔なじみのお客さんばっかりだから、お父さんの病状とかいちいち訊《き》いてくるだろうし。それに答えるのが面倒なのよ」

「世間話も商売のひとつだろ。銭湯の番台なんて」

「まあ、そうなんだけど……」

菜々子は深い溜め息をついた。

「夫が亡くなったとき、ちょっと懲りたから……」

浩太郎は言葉につまった。一瞬にして、想像がついた。銭湯に集《つど》う暇をもてあました人たちが、菜々子を慰めようと声をかける。一人ひとりに悪意はなく、むしろ善意にあふれているのだろうが、それが毎日何十回と繰りかえされれば、うんざりして当然だ。あまり触れてほしくない部分に土足で入りこまれれば、いくら客とはいえ怒りを覚えてしまうこともあるかもしれない。

「……わかったよ」

浩太郎はうなずいた。

「理由は納得できたから、俺が番台を引き受ける」

「……ありがとう」

菜々子は嬉しそうに眼を細めた。

「わたしはほら、近所の人とみんな知りあいだけど、浩太郎くんはそうじゃないでしょう。知らない男の人がムスッとした顔で座ってれば、そんなに話しかけられないと思うし」

「そうだな。そうかもしれない」

問題は営業時間中ずっと女の裸身を眺めていて平常心を保っていられるかだが、なんとか頑張ってみるしかないだろう。

5

午後四時、『花の湯』の営業開始時刻である。

昨日の夜から営業再開の貼り紙を出していたので、玄関前にはすでに四、五人の待ち客の姿があった。

「……あら」

鍵を開けて暖簾《のれん》を出した浩太郎を見て、その客たちは一様に虚を突かれたような顔をした。当然、菜々子か父親が出てくると思っていたのだろう。そこに見知らぬ三十男が仏頂面で現われたのだから仕方がない。

「いらっしゃいませ」

浩太郎はできるだけ不機嫌そうな声で言い、番台にあがった。入浴料のやりとりをしながら客がじろじろと顔を眺めてきたけれど、きっぱりと無視する。一段高い場所にある番台の座り心地は、トラックの運転席のようだった。しかし、ここから見下ろせるのは灰色のアスファルトではなく、湯上がりに上気した裸である。早くも動悸が乱れだした。

（さすがに口開け早々は、ばあさんばっかりだな……）

菜々子は「いまどき銭湯に来る女の人なんて、おばあちゃんか、よくてもおばさんばっかり」と言っていた。下町のこのあたりはとりわけ若者の人口が少なそうだし、そうであるなら、平常心で番台を務めることもできるだろう。

しかしそれでは、本末転倒もいいところだった。『花の湯』を手伝おうと思ったのは、菜々子に対する下心が半分、女湯がのぞけるというすけべ心が半分で、風呂屋と町に恩返しがしたいなどという気持ちはほんのちょっとだけ、正直に言えば建前なのである。

（うわあっ……）

煙草屋の店先で昼寝をしているようなばあさんでも、実際に眼の前で裸になられるインパクトはすごかった。もちろん、ばあさんの裸にインパクトがあったわけではない。平然と脱いでしまうところがである。もしここに若い女――いや、若くなくとももう少し水気のある女がやってきた日には、手に汗握る光景が出現するに違いない。

（夢だ……やっぱりこれは、男の夢の仕事だ……）

とはいえ、午後七時近くまでは、ばあさんタイムが続いた。

時折「新しい番台さんかい？」「菜々子ちゃんはどうしたの？」などと話しかけられたが、浩太郎は無愛想な態度で世間話を回避した。

それから深夜にかけて徐々に混みはじめ、終業の一時間前になると、混雑はピークに達した。それぞれ二十四人分あるカランが、男湯も女湯もほとんど埋まった。

浩太郎の緊張もピークに達しようとしていた。

無理やりに仏頂面をつくりながらも、手のひらの汗がすごい。動悸は乱れきり、小銭をやりとりする指が震えている。

ばあさんの姿はすでになく、女湯の客層は子連れの母親、商店街のおかみさん風情《ふぜい》の四、五十代――ここまでは菜々子の言う「おばさん」の範疇《はんちゅう》に入るであろう――が中心になり、三十代とおぼしき女もちらほらと現われはじめた。

（おいおい。あの人、おっぱいぷるんぷるんだよ、なんて巨乳だ……うわっ、こっちは尻がでかすぎ、ちょっと垂れてるけど……）

はっきり言って美女は皆無だったが、開店からばあさんの裸ばかり見続けたせいで三十代のいささか肉づきのよすぎるヌードでも充分に興奮の対象になった。さすがに眼が合ってはまずいので、伏し眼がちに首から下を眺めれば、もちもちしていそうな白い肌が湯上がりでピンク色に上気しており、浩太郎の口のなかに唾液をあふれさせる。

番台に座っている男が生唾を呑みこんでいたりしたら失礼にもほどがあるので、少しずつ唾液を喉の奥に流しこんだ。

ところが、新たに入ってきた女の客を見た瞬間、ごくりと呑みこんでしまった。

「い、いらっしゃいませ……」

浩太郎が声を震わせると、生唾を呑みこんだことを察したのだろう。女の客は露骨に顔をしかめながら、入浴料の小銭をカウンターに置いた。

（や、やったぞ……菜々子のやつ、なにが「おばあちゃんか、よくてもおばさんばっかり」だよ……）

浩太郎はジーパンの下で硬く勃起してしまったことを隠すために、狭苦しい番台の席で脚を組まなければならなかった。

終業間際になって、ついに若い女の客が現われたのだ。

年の頃は二十《はたち》歳前後。女子大生ふうで、顔もかなり可愛い。ノーメイクのせいか、まだどこかあどけない感じのする童顔だ。猫のようなアーモンド形の眼が印象的で、綺麗な栗色に染められた髪がよく似合っている。

今日いちばんのヒットであることは間違いなかった。

体の芯がカッカと火照《ほて》っていくのを感じながら、顔を男湯のほうに向けた。もちろんカムフラージュで、視界の端に猫眼の彼女をしっかりととらえていた。

（脱っげ、脱っげ、早く脱げっ……）

じいさんが腰に手をあてて牛乳を一気飲みする方向に顔を向けつつ、心のなかでコールを送る。

女は上下とも黒いジャージ姿だった。あまり色気のある格好とは言えないが、近所の風呂屋に来るのに着飾ってくる女がいるわけない。むしろ、そんな格好でも可愛らしさが隠しきれないのだから、かなりの上玉と言っていいだろう。

ジャージの上着を脱いで籠に入れた。

グレイのTシャツを盛りあげる、胸のふくらみに圧倒された。全体的に大きいのではなく、迫《せ》りだし方がすごい。まるで砲弾である。

女がTシャツを脱ぐ。

（うっ、うおおおおっ……）

浩太郎はもう少しで叫び声をあげてしまいそうになった。

Tシャツの下から現われたブラジャーが、悩殺的な薄紫色だったからである。

まだあどけなさが残る童顔に、そのブラジャーはセクシーすぎた。大人びた色合いも、いかにも高級そうなレースの質感もアンバランスで、そのアンバランスさがたまらない色香となって匂ってくる。

女が両手を後ろにまわし、ブラジャーを取る。

大迫力の釣り鐘形のふくらみが、重力に逆らって前方に突きだす。

（すげえ……すげえ……）

浩太郎の全身は小刻みに震えだしていた。興奮の身震いがとまらず、全身の産毛《うぶげ》が逆立っていくようだ。

可愛い顔して巨乳、という組みあわせもさることながら、その乳房の先端の乳首は眼にしみるような清らかなピンク色。並みのグラビアモデルなど敵ではないくらい、悩ましいヌードである。

しかもまだ、お宝は半分残されている。

女が黒いジャージパンツをおろす。

むっちりした白い太腿と、ブラジャーと揃《そろ》いの薄紫色のパンティが姿を現わす。

サイドが紐《ひも》になって結ぶタイプのデザインで、股間を隠す小さなフロント部分がむちむちの股間に食いこんでいた。生地がレースだから、その奥にある若草がいまにも透けて見えそうである。

(な、なんてエロいパンツ穿いてるんだよ……ここは銭湯だぞ……勝負パンツみたいなもん穿いてくんなよ……)

浩太郎は思わず胸底で突っこんだ。同じことを女湯の年配客も思ったらしい。自分の下着よりずっと小さく、派手派手しいパンティに不躾《ぶしつけ》な視線を投げかけ、これ見よがしに顔をしかめている。

女もしまったと思ったのだろう。

可憐《かれん》な顔を羞恥に赤らめて、薄紫色のパンティを素早くおろして籠に入れた。ハート形の恥毛をさらした格好で片脚ずつもちあげ、よろけそうになりながら靴下を脱いだ。片脚立ちの体がバランスを崩すたびに胸の巨乳がたっぷんたっぷんと波打ち、年配客たちの視線に嫉妬の彩りが加えられていく。

(たまらん……たまりませんわ……)

浩太郎のジーパンの下では、勃起しきった分身がずきずきと熱い脈動を刻み、先端からじわっと先走り液があふれていた。先ほどから漏らしすぎて、ブリーフのなかは恥ずかしいくらいにぬるぬるの状態だ。

「よお、番台さんっ！　牛乳代、ここ置いとくぜ」

男湯から迫力あるだみ声をかけられ、浩太郎はハッと我に返った。五十代の厳《いか》つい顔をした男が、パンツ一丁で立っていた。頭はちりちりのパンチパーマ、そのうえ、背中から二の腕まで見事な刺青が入っている。

「す、すいません……」

小銭を受け取りながらも、胸底で舌打ちしてしまう。これ以上ない役得の最中に、やくざ者の倶利迦羅《くりから》もんもんなど見せられては、興ざめもいいところだ。

「なあ」

男が厳つい顔をにやりとほころばせ、だみ声を小さく絞った。

「そんなにいい女が入ってるのかい？　俺にもちょっとのぞかせてくれよ」

「な、なにを言ってるんですか……」

浩太郎はひきつった顔を左右に振り、勇気を振り絞って女湯を体で隠した。

「の、のぞきは犯罪ですよ」

「いいじゃねえか、ちょっとくらい」

「だ、だいたい、いい女なんていませんから……おばあさんとおばさんばっかりで……」

「嘘つけ」

男が片眉を吊りあげて睨《にら》んでくる。

「じゃあ、なんだよそれは？」

「えっ……」

男に指差されて顔に手をやると、指にべっとりと血がついてきた。情けなさに涙が出てきそうになる。浩太郎は興奮のあまり、先走り液だけではなく鼻血まで垂らしていたのである。

第二章　三助さん

1

銭湯の仕事は、最後の客を送りだしてからが大変だ。

番台に座っているだけなら天国だが、そうは問屋が卸さないのが世の常であり、脱衣所と浴室の掃除、「ケロリン」の黄色い桶《おけ》や椅子を洗わなければならない。手際よくやれば一時間ほどで終わるらしいが、その日は初めてだったこともあり、菜々子にコツを教わりながらたっぷり二時間、汗まみれになって作業を終えた。

「やっぱり、いいなあ……」

浴室の床をデッキブラシでこすりながら、菜々子は何度も言っていた。

「やっぱり、風呂屋はお湯があってこそよね。ここんところ、お湯を張らないがらんとした浴槽ばっかり見てたから、元気が出なかったのかな」

「元気、出たかよ？」

「ちょっとはね」

そう言って笑った菜々子の顔には、ほんのわずかだけれど、少女時代の快活な笑顔が見え隠れした。セーターの袖とジーパンの裾《すそ》をまくり、額に汗を浮かべてデッキブラシを使う菜々子は、清楚《せいそ》な三十路《みそじ》の未亡人ではなく、下町の銭湯の娘だった。

作業を終えると、男湯と女湯に分かれて汗を流した。

「信用してるけど、絶対にのぞかないでね」

菜々子に何度も念を押され、

「馬鹿言え。女の裸なんてもうお腹いっぱいだよ、番台に座ってたんだから」

浩太郎は苦笑いで答えたが、内心はひどくがっかりしていた。「信用している」という言葉とは裏腹に、菜々子の表情には猜疑《さいぎ》心がありありと浮かんでいたからだ。のぞきたいのは山々だったが、それはもう少し警戒を解かれてからにしなければならないらしい。

風呂上がりには、脱衣所のベンチに並んでコーヒー牛乳を飲んだ。

ビールで乾杯したい気もしたけれど、久しぶりの銭湯だ。少年時代に大好物だったコーヒー牛乳の誘惑に負けた。負けてよかった。銭湯の脱衣所で飲むのは、やはりコーヒー牛乳に限る。

「どうだった、初めて番台に座った感想は？」

菜々子に訊《たず》ねられ、

「そうだなあ……」

浩太郎は長かった一日を振り返った。やはりいちばん印象に残っているのは、薄紫色のランジェリーを着けていた巨乳美女だが、そんなことは菜々子に言えない。

「まあ、どうってことなかったかな。子供のときは女の裸が見放題だって、かなり憧《あこが》れてたけどさ」

「憧れてたの？」

菜々子が眼を丸くする。

「そりゃあ、思春期の男の子は一度は憧れるもんだろ」

「嘘」

「本当だって」

「じゃあ、あれはなんだったわけ？　わたしのこと、風呂屋の娘、風呂屋の娘、ってからかってたのは」

浩太郎は苦笑した。

「まいったな……覚えてたのかよ……」

「そりゃあ、もう」

菜々子が少女のように唇を尖《とが》らせる。

「悪かったよ、反省してる」

浩太郎は頭をさげた。

憧れていたのは番台だけではなく、菜々子にもだった。からかったりいじめたりしていたのは憧れの裏返しだったと、冗談めかして言えばよかったのかもしれない。だが、大人の女になった菜々子にはどこか冗談が通じないような雰囲気があり、口にすることはできなかった。

(それにしても、本当に色っぽいな……)

湯上がりに上気した体をパジャマで包んだ菜々子は、腕まくり裾まくりでデッキブラシを使っていたときと打って変わって、三十路の女らしさを匂わせていた。濡《ぬ》れた洗い髪からはシャンプーの残り香が、ピンク色に上気した横顔や首筋からはどこまでも艶《なま》めかしい色香が漂ってくる。

(これから、どうするんだろう……)

母屋《おもや》でお疲れの一献《いっこん》でも誘ってくれるのではないかと期待した。時刻は草木も眠る丑三《うしみ》つ時。男と女が差しつ差されつ酒を酌み交わせば、そのうちいいムードになってしまってもおかしくない。昨日夢で見たように、菜々子を抱けるかもしれない。

菜々子の抱き心地は、果たして夢で見たとおりだろうか？

夢で見ただけなのに、浩太郎の手のひらには菜々子の乳房の感触がいまでも生々しく残っている。搗《つ》きたての餅《もち》のように柔らかいのに、揉《も》めば揉むほど弾力を増す肉のふくらみ。

それだけではない。くっきりとくびれた腰、乳房よりなお量感に富んだヒップ、すべすべの白い肌、そして、男根をきつく食い締めてきた潤みやすい女の壺《つぼ》……。

「それじゃあ、わたし、先に戻るね」

浩太郎のふしだらな妄想を断ち切るように、菜々子が立ちあがった。

「髪乾かさないと、風邪ひいちゃうし」

「ああ……俺、電気消しとく」

浩太郎は落胆を隠してつぶやいた。

「ありがとう。おやすみなさい」

菜々子は柔らかい笑みを残して去っていった。

お疲れの一献に誘ってくれそうな気配など、微塵《みじん》もなかった。

（ダンナさんが生きてたときはきっと……）

一日の仕事を終えたこの時間から、夫婦の熱い情交が始まったのだろう。仏壇に写真が飾ってあったやさしげな男に素肌をさらし、女の恥部という恥部をまさぐられていたのだ。両脚の間を勃起しきった男根で貫かれて身をよじり、歓喜の悲鳴をあげていたのだ。

(だけど、三年前にダンナさんを亡くしたってことは、それからずっとセックスしてないのかなあ……)

生真面目《きまじめ》な彼女に、男漁《あさ》りは似合わない。とはいえ、三十路に熟れた体には、熟れた欲望も宿っているはずである。もてあました欲望を、菜々子はいったいどうしているのだろう。菜々子のような女でも、自慰に耽《ふけ》ったりするのだろうか。

その場面を想像すると、ぶるっと身震いが起こり、ジーパンの下で男の器官が硬く勃起してしまった。

大人の美女に成長した菜々子が自分の股間をまさぐっているなんて、あってはならないような感じがする。けれども欲望を溜めこんでいることは事実だろうし、あってはならない場面だからこそ、想像しただけでひどく興奮をそそられる。

「馬鹿なこと考えてないで、もう寝よう……」

自分に言い聞かせるように口に出して言い、ベンチから立ちあがった。

慣れない肉体労働で疲れきっているので、寝酒を飲まないでもぐっすり眠れそうだ。

ところが、電気を消しにいった女湯で、おかしなものを発見した。

脱衣所の隅に重ね置かれた籐《とう》の籠《かご》の下のほうに、薄紫色の布が見えた。

巨乳の彼女のパンティだった。

(か、可愛い顔しておっちょこちょいだな……)

紐《ひも》の部分を指でつまみ、鼻先にもってくると、ツンと甘酸っぱい匂いが漂ってきた。いかにも高級そうなレース製ではあるものの、それはやはり女のいちばん恥ずかしい部分を隠す薄布。恥ずかしい匂いもたっぷりと吸いこんでいるらしい。

思わず鼻面を押しつけた。

発酵しすぎたヨーグルトのような匂いが、鼻腔から胸に流れこんでくる。

どことなく獣じみていて、けっしていい匂いではないけれど、男の本能を根底から揺さぶる淫ら色のフェロモンだ。

(これがあの子の、あそこの匂いか……)

アーモンド形の眼をした、あどけない童顔が蘇《よみがえ》ってくる。可愛い顔をしていても、やはり女。パンティのなかには、獣じみた匂いを隠しているのだ。

顔に続き、砲弾状の乳房を擁する迫力のボディが思い起こされ、いったん鎮静化していたジーパンの下のイチモツが再びむくむくと大きくなっていく。

（わ、忘れていくほうが悪いんだからな……）

浩太郎は急いで女湯の電気を消すと、ボイラー室の隣にある四畳半に戻った。体はくたくたに疲れていたが、今夜は当分眠れそうにない。

2

「ずいぶん疲れた顔してるのね？」

朝食の席で菜々子に言われ、浩太郎は焦った。起き抜けに鏡を見て、自分でも気がついていたことだった。昨夜オナニーを三回連続でしたせいで、眼の下にくっきりと隈《くま》ができているのだ。

「い、いやあ……慣れない肉体労働をしたせいさ。寝床が変わったせいもあるのかな」

「……ごめんなさいね」

菜々子は箸《はし》を休めて、申し訳なさそうにつぶやいた。

「謝ることないって。すぐに慣れるよ」

「でも、浩太郎くんがふらっとうちに寄ってくれて本当によかった。わたしひとりじゃ、絶対営業再開できなかったもの。精神的にも落ちこんでたし……」

「うん、よかったよかった」

浩太郎は大きくうなずき、どんぶり飯をかきこんだ。菜々子の料理は本当に旨《うま》い。朝食のおかずは海苔《のり》と漬け物と納豆くらいだが、ごはんの炊き方と味噌汁が旨いから、いくらでも食べられる。

「わたし、これからちょっと出かけてくるね」

菜々子がおかわりをよそってくれながら言った。

「まだお父さんに、営業再開したこと報告してないから」

「ああ……俺も一緒に行ったほうがいいかい？」

「大丈夫。いきなりふたりで行ったら、お父さん、びっくりすると思うし」

「わかった。留守番はまかせとけよ」

「二時には戻ってこれると思うけど……」

「それまで、脱衣所の掃除でもしておくさ。扇風機とかだいぶ埃《ほこり》がたまってたし」

浩太郎は胸を叩いてうなずいた。本来なら、昼間の暇な時間は就職活動およびその準備にあてるべきなのだが、仕事に慣れるまでは致し方ないだろう。

「さてと……」

浩太郎はひとり腕まくりをして、脱衣所の掃除を始めた。

なにしろ建物も備品も古いので、その気になればどこまでも掃除ができそうだった。べつに掃除が好きなわけではなかったけれど、年季の入った柱時計や体重計を雑巾で磨きあげ、輝きを取り戻させていく作業は楽しかった。

(そのうち、庭の手入れもしたいよな……)

縁側で近所で買ってきた弁当をひろげながら、夢がふくらんでいく。いまは枯れ木と岩ばかりが目立っているが、浩太郎が子供のころはもっと緑が茂って、池には鯉《こい》や金魚が泳いでいた。夏場など、それを眺めながら飲むコーヒー牛乳がまた格別なのだ。

携帯電話のベルが鳴った。

菜々子からだ。

「ごめんなさい。院長先生が話があるっていうから、ちょっと遅くなりそう」

「おいおい……」

浩太郎は声をこわばらせた。

「まさか、親父さんの容態が悪いんじゃ……」

「そういうわけじゃないんだけど、たまたま今日、時間がとれるらしくて……」

「ならいいけど、何時くらいになる?」

「夕方……五時には帰れると思う」

「待てよ。それじゃあ営業開始に間に合わないじゃないか」

浩太郎が焦ると、菜々子はお湯の溜め方と沸かし方を教えてくれた。昭和のたたずまいそのままの『花の湯』とはいえ、ボイラーだけは比較的新しく、操作は意外に簡単そうだった。途中の湯揉みさえ忘れなければ、沸かしすぎることもないらしい。

「わかったけど、なるべく早く帰ってきてくれよな。ボイラーって、ホントは免許とかいるんだろ。さすがにひとりじゃ心細いからさ」

「うん。ごめんね。なにかあったら携帯に連絡して」

菜々子は申し訳なさそうに言い、電話を切った。

「……やれやれ」

浩太郎は急いで残りの弁当を平らげて、さっそく浴槽に水を張りはじめた。

大変なことになった。まさかこんなに早く、ひとりで銭湯を開けなくてはならなくなるとは思わなかった。営業再開二日目でいきなり水風呂だったりしたら、近所の人たちに大目玉を食うこと間違いなしだ。

午後三時、しつこいまでに湯揉みをしたせいか、予定より早く湯が沸きあがった。

浩太郎が安堵《あんど》の胸を撫《な》でおろして脱衣所のベンチに腰をおろすと、

「すいませーん」

玄関扉を叩く音と女の声が聞こえてきた。

「すいませーん、誰かいませんかあーっ！」

「はーい」

いったいなんだろうと思いながら、浩太郎は鍵を開けた。

女が立っていた。

ファーのついた金色のダウンジャケット、白いモヘアのセーター、千鳥格子《ごうし》のミニスカートにスエードのアンクルブーツ――煤《すす》けた下町の風景に不釣り合いなほど垢抜《あかぬ》けた格好をしている。アクセサリーもバッグも高価なブランドもののようで、ファッション雑誌に出てくる、読者モデルの女子大生といった雰囲気だ。

顔立ちも可愛らしい。栗色に染められたセミロングの髪がよく似合う童顔で、猫のようなアーモンド形の眼が印象的である。

（あっ……）

浩太郎はようやく思いだした。おしゃれな装いと隙《すき》のないメイクのせいですぐには気がつかなかったが、薄紫色のパンティの持ち主である。

「あのう……」

女は言いづらそうに顔をしかめて、浩太郎をうかがってきた。

「わたし、昨日、この銭湯に下着を忘れていったと思うんですが……」

「は、はあ……」

すぐに話を了解してしまうのも躊躇《ためら》われ、浩太郎は曖昧《あいまい》にうなずいた。

「薄紫色のレースで……そのう……下だけなんですけど……ブラと揃《そろ》いのものだから、なくなると困っちゃうっていうか……」

「ちょ、ちょっと待っててください。見てきますから……」

こわばった笑みを残して銭湯のなかに戻り、番台の足元に隠してあった紙袋を取りだす。こんなこともあろうかと、いちおう返却の用意はしてあったのだ。

しかし、惜しい。

垢抜けた私服姿を見てしまっただけに、よけいに未練がこみあげてくる。あの装いの下に着けられているなら、セクシーな薄紫色のランジェリーも納得である。

(かまやしないよ、なかったことにして貰《もら》っちゃえ……)

悪魔のささやきが聞こえてくるが、そこまでやったら完全に犯罪だ。紙袋から、薄紫色のパンティを取りだした。昨日の夜は、このレースの生地にしみこんだ彼女の匂いと、瞼《まぶた》に焼きついて離れないダイナマイトボディをおかずに、三度も続けて男の精を吐きだしたのだ。ありがとうございますと胸底で言いながら、持ち主に返却すべきであろう。

それでも、なかなか決心がつかない。

レースの生地の裏に張られた白いクロッチに浮かんでいる、山吹色のシミが眼にとまる。いままで女の下着の匂いなど嗅いだことがなかったけれど、この部分からはとりわけ痛烈な芳香が漂ってきた。お別れの挨拶《あいさつ》に、もう一度だけ匂いを嗅ごうか。

眼前にぶらさげたパンティを見つめながら、鼻をくんくんとさせていると、

「ちょっとおっ！　なにやってるんですか？」

甲高《かんだか》い声が浴びせられた。外で待たせていたはずの女が、いつの間にか靴を脱いで引き戸を開けていた。

「あ、いや……」

あわあわと口ごもる浩太郎に、女がにじり寄ってくる。

「いま、わたしの下着の匂いを嗅いでましたね？」

「ち、違うんだ……」

浩太郎はあわてて首を横に振った。

「き、きみに言われたものかどうか、よく確認してただけで……」

「なにが確認よっ！」

女は素早く手を伸ばしてくると、薄紫色のパンティをひったくった。

「わたし、薄紫のレースのパンティって説明しましたよね？　一目瞭然《りょうぜん》なのに、くんくん鼻なんか鳴らしちゃってえっ！」

「い、いや、念のためね……」

「なにが念のためなのっ！」

女は可憐《かれん》な顔に似合わず、相当勝ち気な性格をしているらしい。ずっと年上の浩太郎に対し、容赦ない罵声《ばせい》を浴びせてくる。実際、彼女が言うとおり匂いを嗅ごうとしていたのだから、当然と言えば当然だが……。

「まったく最低」

女は吐き捨てるように言った。

「わたし、下町散策が趣味で、このあたりの銭湯はあらかたまわりましたけど、この『花の湯』、雰囲気はいい感じでも、番台さんが最低ですっ！　昨日だってわたしが脱衣所で脱いでるとき、鼻の下伸ばしてちらちら見てたでしょ？」

「ぬ、濡れ衣《ぎぬ》だよ……」

浩太郎は青ざめた。きっちりカムフラージュしたつもりでも、横眼で見ていたことがバレていたとは、今後はもっと気をつけなければならない。

「よく言いますよ。わたし、銭湯ミシュランっていうブログをやってて、けっこうアクセス数ありますけど、そこに書いておきますからね。この『花の湯』の番台さんはどすけべだから、若い女の子は気をつけるようにって」

「おいおい、やめてくれよ……」

浩太郎はますます青ざめた。インターネットの影響力は計り知れない。もし本当にそんなことを書かれて、噂話《うわさ》が近所で流れたりしたら、菜々子に合わせる顔がなくなってしまう。

「俺の態度が誤解を生んだなら謝るよ。だから、ネットで誹謗《ひぼう》中傷を書くようなことはやめてくれ」

「誹謗中傷じゃなくて、事実を書くだけです」

「いや、だから……」

まいったなあと浩太郎が泣きそうな顔になると、

「……反省してますか？」

女は鋭い視線を向けつつも、口許《くちもと》に意味ありげな笑いをもらした。なんとなく許してくれそうな気配がしたので、

「気分を害したことに対しては反省する。ごめん」

浩太郎は深々と頭をさげた。

「それじゃあ……わたしの気分が直ることしてください」

「な、なんだい？　気分が直るようなことって」

「番台さんはともかくですねえ……」

女は栗色の髪をひらりと翻し、『花の湯』の天井を仰いだ。

「わたし、ここのお風呂とっても気に入っちゃったんです。あの天井の花の絵とか、鏡の上の木彫りの龍とか、年季が入っててもう最高。これだけ雰囲気があって、昭和の匂いがぷんぷんするようなお風呂って、下町中まわってもちょっとないですよ」

「そ、そう……」

浩太郎は他の銭湯のことはよく知らないので、曖昧にうなずいた。

「だ・か・ら……」

女は息がかかる距離まで顔を近づけてくると、悪戯《いたずら》っぽくささやいた。

「わたし、一番風呂に入りたいんです」

「一番風呂？」

浩太郎は声を裏返して苦笑した。

「ははっ、そんなことかい。お安いご用だよ」

いったいどんな交換条件を出されるのか冷やひやしていたのに、馬鹿みたいな話である。

「うちは風呂屋だから、いくらでも入ってもらって結構さ。あと一時間もすれば営業開始の時間だし、お代はまけとくから……」

「そうじゃないの」

女は浩太郎の鼻先に人差し指を立て、ちっちと左右に揺らした。

「営業前の誰もいないお風呂を、ひとりで独占したいのよ」

「な、なんだって……」

浩太郎は唖然《あぜん》として女を見た。

女は腰に手をあてたモデル立ちで、余裕綽《しやく》々《しやく》の笑顔を浮かべている。まったく生意気な態度だが、悔しいけれどその生意気さが板についていた。眼の大きな可愛らしい顔立ちを、ことさら際立てるスパイスにでもなっているようだった。

3

女は藤本遥江《はるえ》と名乗った。

　二十歳の女子大生らしいが、地方から出てきて借りたマンションが隅田川沿いにあったことから下町散策にはまり、いまでは暇さえあれば寺院めぐりや銭湯めぐりに精を出すようになったという。

「しかし、変わってるねえ。若い女の子が下町散策なんて……」

　いかにもいまどきの女子大生という装いの遥江を上から下まで眺めながら、浩太郎はつぶやいた。

「遅れてるなあ、番台さん。いまは谷中《やなか》・根津・千駄木のことをまとめて『谷根千《やねせん》』なんて呼んだりして、東京の東側は女の子にも注目のスポットなんです。ゆかたを始めとした和装もブームだから、浅草なんかも人気あるし」

「ああ、そう」

　浩太郎はうなずきつつも、内心で首をひねった。『花の湯』のある町には「谷根千」や浅草のように古寺や風情《ふぜい》のある町並みがあるわけでもなく、煤けた生活感が漂っているだけだからだ。

「それで……」

　遥江は声音《こわね》をあらためた。

「本当に営業前の一番風呂に入ってもいいんですね？」

「まあ、仕方ない」

浩太郎はうなずいた。

「ネットに変なこと書かれちゃかなわないからな」

「やったあっ！」

遥江は両手を合わせてその場にジャンプした。そういうところは若い女の子らしくて好感がもてたが、浩太郎は先ほどまでの生意気な態度を忘れはしなかった。

「これ、使ってくれ」

貸しタオルと使いきり用の小石鹸、小型ボトルのシャンプーとリンスを渡した。

「それじゃあ俺は、よけいな誤解を受けないように男湯の掃除をしてるから、営業開始の四時まで心おきなく一番風呂を堪能《たんのう》してくれたまえ」

「そんなこと言ってえ……」

遥江が肘《ひじ》で脇腹をつついてくる。

「わたしがお風呂に入ったら、ボイラー室のほうからこっそりのぞこうと思ってるんじゃないですか？」

「ば、馬鹿なことを言うなよ」

図星を指された浩太郎は、思わずむせて咳《せ》きこんでしまった。

「とにかく、今日はもう下着を忘れないように注意してな。あがったら、そこから声かけてくれ」

「はーい」

明るく返事をした遥江を残して、浩太郎は男湯に移動した。

（ふんっ、女子大生風情にナメられてたまるかよ……）

たしかにこちらに後ろめたい事情があるとはいえ、十も年下の女にやりこめられたままでは腹の虫が治まらない。

のぞいてやる。

ボイラー室はマークされているようだから、別のところから穴が空くほどのぞき倒して、今夜も夢想のなかで犯し抜いてやる。

耳をすました。

脱衣所のラジオをつけていないので、服を脱ぐかすかな衣ずれ音まで聞こえてくる。

あのおしゃれな服の下に、今日はどんなセクシーランジェリーを着けているのだろう？

考えただけで動悸が乱れ、勃起してしまいそうになる。

ガラス戸を引く音が聞こえてきた。

どうやら浴室に入っていったらしい。

（よし……）

浩太郎は抜き足差し足で浴室に向かった。音をたてないように慎重にガラス戸を引き、浴室のなかに入っていく。銭湯の男湯と女湯は高い天井で繋《つな》がっているので、ちょっと顔を出せば向こうは丸見えだ。

浩太郎は仕切りの壁をよじのぼった。シャワーを足場にしてへばりつき、恐るおそる女湯をのぞきこんだ。

遥江はこちらに背中を向けて片膝《かたひざ》立ちで座り、ケロリンの黄色い桶で体を流していた。栗色の髪がアップにまとめられ、のぞいたうなじがセクシーだった。背中には贅肉《ぜいにく》がまったくついておらず、腰は悩ましくくびれて、ヒップは丸々と張りつめている。

（まったく、いい体しやがって……性格は最悪だけどな……）

後ろ姿を見ているだけで、浩太郎は早くも勃起してしまった。これから、あの垂涎《すいぜん》の巨乳を再び拝むことができると思うと、どこまでも鼓動が乱れていく。

遥江が立ちあがり、湯船に向かった。

浩太郎は舌打ちした。

浴室をひとりで独占しているくせに、遥江がタオルで前を隠していたからだ。番台で貸してやった使い古しの白いタオルで、乳房から股間にかけて絶妙にカバーしている。

一瞬、のぞきを警戒されているのかもしれないと思ったが、きょろきょろするような素振りはなかった。

大丈夫さ、気づかれるはずないさ、と浩太郎は胸底で自分に言い聞かせた。

湯加減をみた遥江が、爪先から湯船に入っていく。さすがに銭湯マニアらしく、湯船にタオルを浸《つ》けるようなマナー違反はしない。湯に体を沈める段になると、砲弾状に迫《せ》りだした胸のふくらみと桜色の乳首を見ることができた。

「ふううっ……」

遥江は富士山のペンキ絵が描かれた壁に背を預け、大きく息をついた。『花の湯』の湯の温度は四十二度と高い。可憐な顔がみるみるピンク色に上気していき、長い睫毛《まつげ》が伏せられた。極楽、極楽、という心の声が聞こえてきそうな、蕩《とろ》けるような表情をしている。

（た、たまんねえな……）

浩太郎は壁にへばりつきながら、何度も生唾を呑みこまなければならなかった。

湯船にはジャグジーなどのよけいな装置はなにもついていないので、ゆらゆらと揺れるお湯越しに、白い乳房と桜色の乳首が見えた。ハート形の黒い恥毛まで丸見えで、海草のように揺らぐさまが悩ましすぎる。

ジーパンの下は痛いくらいに勃起しきって、思わず壁に押しつけてしまった。熱い我慢汁が先端から噴きこぼれ、ブリーフがぬるぬるになっていく。

「あのう……」

遥江が不意に声をあげた。

「いつまでそんなところからのぞいてるつもりですか？」

顎《あご》までお湯に浸かっていた顔がこちらを向き、キッと睨《にら》みつけられる。

（や、やばい……）

焦った浩太郎はバランスを崩し、壁から転落してしたたかに床のタイルに腰を打ちつけてしまった。

「まったく最低な番台さんっ！　そんなにわたしの裸が見たいわけ？　毎日番台で女の裸ばっかり見てるくせに」

遥江の尖った声が、高い天井に反響する。

浩太郎は苦虫を嚙《か》みつぶしたような顔になった。もはや言い訳はできないし、それどころか打ちつけた腰が痛くて声も出せない。

「ちょっとこっちにきてくださいっ！」

遥江が叫ぶ。

「……な、なんで？」

蚊《か》の鳴くような声で答えると、

「いいからっ！」

悪戯した生徒を叱る女教師のような声が返ってきて、浩太郎は腰をさすりながら女湯に向かっていくしかなかった。

4

「……悪かったよ」

ボイラー室の引き戸をわずかに開け、うかがうように顔をのぞかせた。遥江はまだ湯船に浸かっていた。体を丸めて背中を向け、胸元と股間の翳《かげ》りを隠している。

「きみがあんまり生意気だからさ、つい意地悪心が働いてのぞいちまったんだ……」

「書きますからね」

遥江は浩太郎のほうを振り返らずに言った。

「いまの一部始終、銭湯ミシュランにしっかり書いちゃいますからね」

「や、やめてくれよ……」

浩太郎は声をひきつらせた。

「俺は番台なんだから、女湯だって見る権利があるんだよ。責任っていうか……」

「開き直る気？」

「そういうわけじゃないけど……」

「まあ、いいわ」

遥江が玉の汗の浮かんだ顔を向けてくる。

「書くのはやめてもいいけど、そのかわり背中を流してくれません？」

「はあ？」

浩太郎は首をひねった。のぞかれたのを怒っていたくせに、いったいこの娘はなにを言いだすのだろう。

「昔、銭湯には三助さんっていたんですよね？」

「あ、ああ……」

浩太郎はうなずいた。三助とは、銭湯に常駐していた背中を流す係のことである。その名のとおり係は男なのに、頼む客は圧倒的に女が多かったという。浩太郎の子供時代にはすでにいなくなっていたが、昭和四十年代くらいまでは、どこの銭湯でも三助が背中を流す光景が見られたらしい。

「わたし、銭湯で誰もいない一番風呂に入ることと、三助さんに背中を流してもらうことが夢だったんですよ」

「恥ずかしくないのかよ？」

のぞきどころか裸を間近で見られるんだぞ、というニュアンスで言うと、

「べつに……」

遥江は澄ました顔で答えたが、表情には少なからず羞恥《しゅうち》の色が浮かんでいた。

「だって、どこの銭湯に行っても、番台さんにはかならず裸を見られてるわけだし……昔の人は普通に三助さんに背中を流してもらってたんだし……それに……」

「それに？」

「下僕に裸見られて恥ずかしがるお姫さまなんていないでしょ」

浩太郎はムッとして口をつぐんだ。言うに事欠いて年上の男を下僕呼ばわりするとは、なんて失礼な女子大生だろう。羞恥を隠すための強気な発言であることを差し引いても、許せない高慢さである。

「……わかったよ」

居直った声で言い、ボイラー室から浴室に足を踏みだした。

「洗ってやるから出てこいよ」

「わーい」

遥江は無邪気な声をあげて立ちあがった。しかし、胸のふくらみが湯から顔を出した瞬間、タオルで隠した。乳房から股間の翳りまでをしっかり防御して、湯船からあがってきた。

「ふんっ」

浩太郎は鼻で笑った。

「下僕に裸を見られても、お姫さまは恥ずかしくないんじゃないのかよ？」

「見せる必要のないところまで見せることないでしょ」

遥江はツンと鼻をもちあげ、そのくせいかにも恥ずかしそうに背中を丸めてプラスチックの椅子に腰をおろした。

「お願いします」

つぶやく遥江を見下ろしながら、浩太郎はトレーナーの袖とジーパンの裾をまくりあげ、遥江の背後にしゃがみこんだ。シャボンを泡立てると、垢すりやタオルを使わず、両手で背中に触れた。

「えっ……」

遥江が驚いた顔を向けてくる。

「直接手で洗うんですか？　タオルを使わないで」

「ああ」

浩太郎は当然のようにうなずいた。

「三助っていうのは手で洗うものなんだよ。まあ、背中を流すっていうより全身マッサージも兼ねてるっていうかさ。だから女湯で人気があったんだ」

「そ、そうなんですか……」

「そうだよ。そんなことも知らないで、銭湯ミシュランが聞いて呆《あき》れるなあ。勉強し直したほうがいいぜ」

もちろん、全部嘘だった。三助というのはむしろ、タオルの使い方の絶妙さで客を唸《うな》らせたものだと聞いたことがある。直接手で洗うことにしたのは、遥江の体を触りたかったからに決まっている。

女体に触れるのは久しぶりだった。

しかも、四十二度の高温からの湯上がりで、若いぴちぴちのボディは艶めかしいピンク色に上気している。

動悸を乱しながら、背中にシャボンを塗りたくった。

贅肉のほとんどついてない遥江の背中は、見た目も美しかったが、触り心地はそれ以上だった。シャボンをすべらせていくとよくわかる。肌のつやが尋常ではなくなめらかだ。

さすが二十歳と唸ってしまう。

（た、たまんないぜ……）

浩太郎は遥江に気づかれないように生唾を呑みこみつつ、ぬるり、ぬるり、と背中を撫でさすった。洗っているというより愛撫に近いそのやり方は、ソープランドで学んだ方法である。

「んっ……んんっ……」

遥江がもじもじと身をよじる。予想外の洗われ方に戸惑っているのだろう。

背中の次は、肩から腕にかけてシャボンを塗りたくった。

胸のふくらみは豊満なのに、肩も腕も女らしくほっそりしている。グラマーな体型というのはこうでなくてはいけない、と浩太郎は胸底でつぶやいた。どこもかしこも肉づきがよくては、ただのデブだ。

両手をうなじの方にすべらせていく。

栗色の髪の毛の生え際をくすぐるように撫でまわしてやると、アップにまとめられた髪からのぞいた両耳が、瞬く間に桜色に染まっていった。

「あっ、あのっ……」

遥江が鏡越しに浩太郎の顔をうかがってくる。

「三助さんって、本当にそんな洗い方をしてたんでしょうか？」

「そうだよ」

「なんだかエッチっぽいんですけど……」

乳房を隠しているタオルを、両手でぎゅっと抱きしめる。

「失礼だな」

浩太郎は蛸《たこ》のように唇を尖らせた。

「ふたりでやってるからそう思うのかもしれないけど、本来ならまわりでみんなが一日の汗を流してるんだぜ。エッチなわけないじゃないか」

むちゃくちゃな論理のすり替えだったが、

「そ、そうですか……ならいいんですけど……」

遥江は恥ずかしげに首をすくめてうつむいた。どうやら、首筋に性感帯があるらしい。うなじにぬるぬるとシャボンをすべらせながら会話していたので、そちらの刺激に気をとられてしまったのだ。

（生意気な口をきいてても、所詮《しょせん》若い女の子だな……こんな背中の流し方、ソープ以外にあるわけないじゃないか……）

浩太郎は内心、してやったりとほくそ笑みながら、涼しい顔で両手を動かした。

うなじから肩へ。背中を経由してくびれた腰へ。

今度はヒップの方まで手を這《は》わせ、丸々とふくらんだ尻丘を撫でまわす。撫でまわしては、腰のくびれをさすりあげてやる。

「うんんっ……ぅんんんっ……」

遥江は眼を閉じ、みるみる吐息を荒げていった。

感じているのだ。

鏡越しに様子をうかがうと、先ほどまでツンと澄ましていた顔が、ねっとりと蕩けはじめている。

(おいおい、なんだよ。こりゃあ、もう少しで据《す》え膳《ぜん》にあずかれるんじゃないか……)

妖しい期待が、浩太郎の胸を揺さぶった。

こういうときのもうひと押しは、甘ったるい褒め言葉と相場は決まっている。

「さっきは悪かったね」

淫らがましく手指を動かしながら、殊勝な顔でつぶやいた。

「本当はのぞきなんてするつもりはこれっぽっちもなかったんだけどさ、きみがあんまり可愛いから、ついね」

「か、可愛いですか、わたし?」

尻を撫でまわされる刺激に身をよじりながら、遥江は答えた。

「ああ。ファッションセンスもいいし、おまけにスタイルも抜群。こんなふうに背中を流させてもらって光栄だよ」

「どうしたんですか、番台さん。そんなこと急に……」

遥江が苦笑する。しかし、無理につくった笑顔であることは、頬がひきつっていることから明らかだ。

「なんだか照れちゃいますよ。背中を流されながら、そんなお世辞言われると……」

「お世辞じゃないさ」

浩太郎は鏡越しに遥江を見つめた。

「本当に光栄だと思ってるよ。ほら、感動して手が震えてるだろう?」

「ホ、ホントだ……」

「前向いて」

「えっ……」

遥江が驚いたように振り返った。

「ま、前も洗うんですか……」

「そりゃそうさ」

浩太郎はきっぱりとうなずいた。

「まさか背中だけ洗って、前は洗わずに出るのかい？」

当たり前だが、前まで洗う三助などいるはずがない。前は自分で洗うのだ。

「だいたい、下僕に裸を見られても恥ずかしくないなんて言ったのはきみのほうだぜ。遠慮せずにこっちを向けよ、お姫さま」

「で、でも……」

背中へのねちっこい愛撫と甘い褒め言葉で骨抜きにされた遥江には、先ほどまでの勢いはなかった。浩太郎が立ちあがり、双肩をつかんで体を回転させると、

「あああっ……」

羞《は》じらいの声をもらしつつも、逆らうことはできなかった。

5

（ふふふっ、見てろよ……）

浩太郎は息苦しいほどの興奮を覚えながら、必死になって冷静な表情をつくった。

内心でめらめらと闘志が燃えあがっていく。

遥江は胸元から股間をタオルで隠し、すがりつくようにそれを抱きしめながら、かろうじて女の恥部を隠している。

しかし、陥落はもう眼の前だ。あとほんの数分後には、年上の男を下僕呼ばわりしたその口から、悩ましい女の悲鳴をあげさせてやる。

「失礼」

片足を両手で包み、シャボンにまみれさせていく。足指を一本一本丁寧に撫でまわし、指の股までぬるぬるとこすりたててやると、

「うっ……くぅうっ……」

遥江はつらそうに顔をしかめた。しかし、つらいのではない。どうやらここにも、敏感な性感帯が眠っているらしい。五本の足の指がぎゅうっとばかりに反り返り、女体の興奮を伝えてくる。

浩太郎は足指とその股をじっくりと愛撫しおえると、今度は両手をふくらはぎにすべらせていった。

（本当にいい体だな……）

ふくらはぎは太からず細からず絶妙な肉づきで、そのくせ太腿はむっちりと逞《たくま》しい。自然に手指がそちらに吸い寄せられていく。

「んんっ……んんんっ……」

敏感な内腿を撫でさすると、遥江はせつなげに眉根を寄せた。

男の欲情をそそりたてる表情だった。

浩太郎が両手で太腿のつけ根を持ち、ぎゅっ、ぎゅっ、と揉み絞っていくと、唇が半開きになり、食いしばった白い歯列を見せて、ますます表情をいやらしくさせた。

「大丈夫、大丈夫。恥ずかしいところは見えないから」

浩太郎は真顔でささやき、愛撫に熱をこめていく。

たしかに、股間の翳りも、女の恥部も、タオル一枚で際どく隠されている。

それを言い訳に、太腿のつけ根を執拗《しつよう》に揉みしだいた。

もう片方の脚も足指から丁寧にシャボンまみれにしていき、太腿のつけ根をこってりと揉みこんでやると、遥江はもう、閉じることのできなくなった唇から、ハアハアと荒い息を吐くばかりになった。

（へへっ、感じてる、感じてる……）

太腿のつけ根を揉み絞りながら、さりげなくタオルに隠された部分に触れてやった。くにゃりとした花びらに指先がかすめると、

「んんんっ！」

遥江は椅子の上で裸の尻を跳ねさせ、必死になって歯を食いしばった。

「さあ、もう少しだぞ」

浩太郎はわざとらしいほど明るい声で言い、両手を遥江の胸元に伸ばした。

「こ、ここはいいです……」

遥江はタオルごと胸のふくらみを抱きしめたけれど、

「いいから、いいから」

浩太郎はかまわずタオルの下に両手をすべりこませ、たわわに実った双乳をすくいあげた。

「ああんっ！」

遥江がいやいやと身をよじる。

「大丈夫、大丈夫。タオルで隠れてて見えないから、恥ずかしくないから」

豊満な肉の隆起を好き放題にまさぐりながら、浩太郎はささやいた。女の性感帯を鷲《わし》づかみにしておいてひどい言い草だが、もう後には戻れない。むちむちに張りつめた遥江の巨乳をシャボンまみれの手で触る快感はすさまじく、手を離すことができない。

「洗ってるだけ、洗ってるだけだからね……」

鼻息も荒く揉みしだいていくと、やがて肉の隆起の先端で、乳首が硬く尖りだした。シャボンにぬめった乳房の上で感じる尖った乳首は、身震いを誘うほどいやらしい。

「い、いったん、流そうか……」

浩太郎はケロリンの桶を取ると、蛇口からお湯を出すのももどかしく、湯船から直接汲《く》んで、二度、三度と遥江の肩にかけた。

「あああっ……」

シャボンをすっかり流された遥江は、羞恥に歪《ゆが》んだ声をあげた。シャボンが流れたかわりにタオルが湯を吸いこみ、体の前面にぴったりと貼りついたからである。

貸しタオルは安手の生地で、おまけに何年も使いこまれて薄くなっている。

当然、乳首の突起が浮かびあがった。

股間には黒い翳りが透けて見えた。

裸でいるよりなお恥ずかしいような格好に、遥江は必死になって体を丸めていく。

「さーて、いよいよ最後の仕上げだ……」

「ま、まだ洗うんですか？」

遥江がいまにも泣きだしそうな、すがるような眼を向けてくる。

「まだ洗ってないところが残ってるだろう？」

浩太郎が淫靡《いんび》な笑みを浮かべると、遥江はむっちりした太腿をぎゅっとばかりに閉じあわせた。

「い、いいです……ここはいいです……」

　小刻みに首を振り、身をすくませる。

「だめ、だめ。三助に洗われるのが夢だったって言ったのは、そっちのほうだぜ」

　浩太郎は非情に言い放ち、遥江の腕を取った。少し体を浮かせて、その隙にプラスチックの椅子を奪ってしまう。

「あああっ……」

　和式便所にしゃがみこむような格好になった遥江の股間に、浩太郎はすかさず右手をすべりこませた。

「いっ、いやあああーっ！」

　遥江の歪んだ悲鳴が、銭湯の高い天井にわんわんと反響した。

「ここは石鹼がしみるからね。直接お湯で流すだけでいいんだ」

　自分勝手な理屈を並べながら、浩太郎は桶から手で湯をすくい、女の恥部をいじりまわした。もちろん、洗っている振りをしているだけだ。くにゃくにゃした花びらをねちっこくもてあそび、肉の合わせ目を卑猥《ひわい》なタッチでなぞりたてる。

「あああっ……あああっ……」

遥江は情けない中腰の格好で、ちぎれんばかりに首を振った。

「むっ……」

湯はさらりとしているのに、指先にねっとりしたものを感じた。四十二度のお湯より熱くたぎった発情のエキスが、花びらの間からあふれてきたのだった。

「困ったなあ……」

浩太郎はわざとらしく溜め息をつき、真っ赤に染まった遥江の顔を眺めた。

「せっかく洗ってやってるのに、自分から汚すなよ。これじゃあ、いくら洗っても終わんないじゃないか」

咎《とが》めるように言いながら、割れ目にずぶずぶと指を沈めていく。きゅっと引き締まった狭い蜜壺を掻《か》きまわし、熱化した発情のエキスを掻きだしてやる。

「ひっ……あああぁっ……あぁうううーっ！」

じゅぼじゅぼと蜜壺をえぐられて、遥江はしゃがんでいられなくなった。床のタイルに尻餅をつき、内股になって両脚を必死に閉じあわせようとする。

「逃げるなよ、もう」

浩太郎は蜜壺に沈めこんだ指を二本に増やして、Ｇスポットを責めたてた。穴の上壁にあるざらざらしたところをしたたかにこすりたてながら、遥江の膝をつかんで脚をひろげていく。

「ああっ、いやっ！　いやああああっ……」

言葉とは裏腹に遥江は歓喜に全身を震わせ、二本指を呑みこんだ蜜壺からピュッピュと淫らな滴を飛ばした。軽く潮を噴いたのだ。遥江は自分でもそのことがショックだったらしく、

「いやいやいやあああっ……」

泣きそうな顔になって体を反転させた。指が抜けてしまうと、洗面台にすがりつくようにして、浩太郎に豊満なヒップを向けてきた。

（おいおい。いくらお姫さまだって、下僕にここまで破廉恥な格好は見せないだろ……）

可憐にすぼまったアナルからぱっくりと左右に花びらを開いたヴァギナまで、女の恥部という恥部が丸見えだった。

したたかな愛撫を受けた女の割れ目は獣じみた匂いのする粘液で濡れまみれ、つやつやと濡れ光る薄桃色の粘膜をのぞかせていた。まるでさらなる刺激を求めるように、ひくひくっ、ひくひくっ、と息づいている。

「ば、番台さん……」

遥江が鏡越しに見つめてくる。ハアハアと肩で息をしながら、ねっとりと潤んだ両眼を

せつなげに細める。

「なんだい？」

浩太郎が居丈高に答えると、遥江はますます瞳を潤ませて、

「わたし……もう……我慢できない……」

身悶えながら両手につかんでいたタオルを落とし、たわわに実った双乳を見せた。砲弾状に迫りだしたふくらみの先端で、ピンクの乳首が可哀相なほど尖っている。

「ブログに書くなよ」

浩太郎はにやりと笑って、ベルトをはずしだした。

「『花の湯』じゃ番台がエッチなサービスまでしてくれるなんて書かれたら、大変なことになっちゃうからな」

ブリーフごとジーパンを脱ぐと、勃起しきったペニスが唸りをあげて鎌首をもたげ、銭湯の高い天井を睨みつけた。

「す、すごい……大きい……」

鏡越しに浩太郎の分身を見た遥江が、赤く上気した顔を欲情に蕩けさせる。たしかに自分でも驚くぐらい勢いよく反り返り、はちきれんばかりにみなぎっている。

浩太郎は遥江の腰をつかみ、立ちあがらせた。

下がタイルの床なので、四つん這いの後背位では膝が痛くなると思ったからだ。

立ちバックの体勢で豊満なヒップに腰を寄せ、尻の桃割れの間に勃起しきった分身をあてがった。

「ああっ……あああっ……」

ねとねとに濡れまみれた女の割れ目に亀頭が密着すると、遥江は早く貫いてというようにヒップを揺らした。

「いくぞ……」

浩太郎も結合の期待感に身震いしながら、腰を前に送りだしていく。

亀頭をずぶりと沈みこませ、そのまま一気に最奥を目指す。

「はっ、はぁうううううーっ！」

子宮をずんっと突きあげると、遥江は歓喜の悲鳴をあげてのけぞった。量感のある双乳をたっぷんたっぷんとはずませて、体を貫かれた刺激に悶える。

浩太郎もペニスを包みこんでくるぬるぬるした女肉の感触に身悶えながら、両手を遥江の胸元に伸ばしていった。たっぷりした双乳を後ろから鷲づかみにし、むぎゅむぎゅと指を食いこませた。

たまらなかった。

番台から遥江の巨乳をひと目見たときから、こんなふうに立ちバックで結合して、巨乳を揉みしだいてみたかったのだ。

「はぁああっ……はぁあああっ……はぁあああっ……」

胸の性感帯を揉みくたにされ、遥江があえぎながら身をよじる。後ろから深々と貫かれたヒップを淫らがましく振りたててきて、それが律動の呼び水になる。

浩太郎は両手で双乳の量感を味わいながら、腰を使いはじめた。

まずはゆっくりとグラインドさせ、肉と肉とを馴染《なじ》ませていく。

大量に花蜜を漏らした遥江の内部から、くちゅっ、ぬちゅっ、と音が響いた。しとどに濡れているのに女肉がぴったりと吸いついてくる、たまらない蜜壷だ。

「むっ、むうぅっ……」

我慢できなくなり、グラインドをピストン運動に移行した。

名残惜しさを覚えつつ双乳から手を離し、くびれた腰をつかんで、ぐいぐいと腰を振りたてていく。

「はぁああっ……はぁううっ！　はぁうううーっ！」

連打を浴びた遥江はピンク色に染まったうなじを揺すり、一足飛びに女の悲鳴を甲高くしていった。突きあげるようなストロークに両膝をがくがくと震わせ、しがみつくようにシャワーをつかむ。

「ああんっ、すごいっ……番台さんのオチ×チン、太いっ……太すぎっ……」

薄眼を開け、鏡越しに悩殺的な視線を向けてくる。

「こっちも、たまんないぜ……」

浩太郎は真っ赤に茹《ゆ》だった顔で答えた。ストロークを最速のピッチに到達させ、豊満なヒップをパンパンッ、パンパンッとはじきながら、肉の愉悦に溺《おぼ》れていく。

「ああっ、届くっ！　奥まで届くうううううーっ！」

よがり泣く遥江の腰をつかみ、浩太郎は大きく息を呑んだ。

久しぶりに味わう女体だからかもしれない。昨日三度もオナニーしたはずなのに、性急に射精の前兆が迫ってくる。

耐え難い歓喜が身の底からこみあげ、分身が発作の痙攣《けいれん》を開始する。

「むううっ……も、もうだめだっ……」

切羽つまった声を絞った。

「もう出るっ……出るっ……おおおうううううーっ！」

雄叫《おたけ》びをあげて、最後の楔《くさび》を打ちこんだ。煮えたぎる欲望のエキスを勢いよく迸《ほとばし》らせ、女体の内側にどくどくと注ぎこんでいく。

「はっ、はぁおおおおおおーっ！」

体の内側で射精の衝撃を受けた遥江はひときわ甲高い声を銭湯の天井に響かせて、びくんっ、びくんっ、とのけぞった。

浩太郎は女体を支えるように再び双乳をつかみ直し、たっぷりした量感を味わいながら長々と射精を続けた。いくら出してもあとからあとからこみあげてきて、最後の一滴を漏らし終えるまで、しつこく腰を震わせつづけた。

第三章　未亡人の柔肌

1

「そんなに怒んないでくれよ……悪かったってば……本当に反省してるから……」

浩太郎は、脱衣所の掃き掃除をしている菜々子の後ろを金魚のフンのようについてまわりながら、両手を合わせて同じ台詞《せりふ》を繰りかえしている。

『花の湯』は営業を終え、掃除もそろそろ一段落つきそうな深夜一時すぎである。

「べつに浩太郎くんのことを怒ってなんかない」

菜々子は横顔でつぶやき、浩太郎と眼も合わせてくれない。

「自分に腹が立つだけ……ホント馬鹿だった……ふらっと現われて銭湯を手伝わせてほしいって言った人に、どうして全部任せちゃったんだろう……」

「そんなふうに突き放した言い方しないでくれよ……悲しくなってくるからさあ……」

浩太郎は泣きそうな顔になった。

とはいえ、菜々子に呆《あき》れられるのも当然だった。

その日、浩太郎は営業前の浴室で時間を忘れて淫らな行為に没頭し、午後四時になっても玄関を開けなかったのだ。痺れを切らした常連客が騒いでいることに気づいたときはすでに四時半に近く、玄関前では怒り心頭の顔をしたじいさんばあさんが十人以上寒さに震えていた。焦った浩太郎はとりあえず遥江をボイラー室の隣の四畳半に隠し、隙《すき》を見て裏口から逃がしたのである。

「風呂屋は一番風呂に入りに来るお客さんを大事にしなきゃいけないって、わたし、お父さんに何度も言われてきた」

切れ長の眼を吊りあげて、菜々子が睨《にら》んでくる。

「特別に愛想振りまくって意味じゃなくて、四時きっかりに玄関を開ける、それがなによりのことだって……」

「わかった、わかった……もう二度としないから」

「言われなくても、二度と浩太郎くんには大事なことを頼みませんっ！」

長い黒髪を翻してそっぽを向き、掃除用具を片づけて脱衣所を出ていった。

ひとり取り残された浩太郎はベンチに腰をおろし、

「ふううっ」

と深い溜め息をついた。

久しぶりに女体を味わうチャンスに恵まれたとはいえ、時間を確認し忘れたのは明らかに失敗だった。営業前にうまく遥江を裏口から逃がしておけば、据《す》え膳《ぜん》は見事にいただき、菜々子からは感謝され、充実した一日になったはずである。それが、あわてて追いだした遥江には連絡先を聞きそびれ、菜々子には大目玉では、厄日と仏滅がいっぺんにきたようなツキのなさだ。

（それにしても……）

怒られておいてこんなことを言うのもなんだが、菜々子の怒った顔にはかなりどきどきしてしまった。昔、小学校のころは、よく菜々子に怒られたものだ。掃除をサボったといっては怒られ、学級会でおしゃべりをやめなかったといっては怒られた。クラスでスカートめくりが流行《はや》ったとき、みんなの前で白いパンツを丸出しにしてやったときは、ホウキを持って追いかけまわされた。

浩太郎はべつに、生来のいじめっ子でも悪戯《いたずら》っ子でもなかった。

少年時代、十以上の学校に転校したが、そんなふうに振る舞っていたのは、この町に住んでいたときだけかもしれない。

もしかすると、と胸底でつぶやく。

菜々子の怒った顔が見たくて、あのころの自分は悪戯ばかりしていたのだろうか。眼鼻立ちが整った女は怒ると怖いが、同時にとても美しい。

「へへっ、だったら今日は、そんなに捨てたもんじゃないな……」

立ちあがって冷蔵庫からコーヒー牛乳を出した。

菜々子の怒った顔を見ることができたのだから、厄日ではあるが仏滅ではないかもしれない。人間、怒るにはエネルギーがいる。二十年ぶりに再会した菜々子は意気消沈していたけれど、銭湯の営業を再開したことで怒れるくらいに元気になったのだ。

（まあ、それもすべては俺のおかげってわけだ……菜々子のやつ、そのうち俺のこと好きになって、結婚してくれなんて言いだすかもな……結婚して、一緒に銭湯を継いでくれなんて……）

王様にでもなった気分でコーヒー牛乳を飲んでいると、冷たい視線を感じた。

菜々子がそこに立っていた。

「な、なんだ、いたのか……」

「ちょっと言いすぎたかなと思って戻ってきたのよ……それがなに？　勝手にコーヒー牛

乳飲んで、にやにやしちゃって……」

きりきりと眼が吊りあがり、口がへの字に曲がっていく。

「い、いや、その……コ、コーヒー牛乳代は、払うよ、もちろん……」

焦った浩太郎がいくら言い訳しても、菜々子の怒りはおさまらなかった。しばらくは口もきいてくれず、母屋《おもや》の食事にも呼んでくれなくなり、四畳半に冷めたおにぎりだけが届く日々が続くことになった。

2
(ちくしょう、まったくツイてないぜ……)

浩太郎は日に何度となく胸底でつぶやいた。

菜々子は口をきいてくれないし、遥江もあれ以来『花の湯』に姿を見せない。二度目の情事を密かに期待していたのに、がっかりである。焦って裏口から追いだしたりしたからか、あるいは三助に関するむちゃくちゃな法螺《ほら》話がバレてしまったのか、体の相性がよかっただけに残念すぎる。

冴《さ》えない日々が一週間ほど続いた。

番台からの眺めは相変わらず胸を騒がせてくれたけれど、遥江以上の上玉がそうそう現われるわけがないし、菜々子には無視されているしでは、仕事に張りも出ない。

菜々子の機嫌が直ったのは、ささいなことがきっかけだった。

近所の煙草屋のばあさんが銭湯の営業再開に感謝して、手製のおはぎを持ってきてくれたからだ。『花の湯』が休みだと膝《ひざ》が痛いのを我慢して隣町の銭湯まで歩いていかなければならないのだと、涙ながらにお礼を言ったらしい。

そのこと自体も嬉しかったらしいが、菜々子は甘いものが、とくに和菓子が大好物なのだった。

「お茶淹《い》れるから、おはぎ食べに来ない？」

仕舞いの掃除が終わったあと、にこにこ顔で声をかけられてびっくりした浩太郎は、あとから理由を聞き、おはぎを持ってきてくれたばあさんに心の底から感謝した。

久しぶりに通された母屋の炬燵《こたつ》で温《ぬく》もりながらおはぎを食べた。

食べおわると、菜々子は古いアルバムを開いた。

表紙に「菜々子　小学校」と書かれているアルバムである。

「押し入れ片づけてたら、出てきたの」

「へええ、きちんと整理してあるんだな」

浩太郎はアルバムをのぞきこんで感心した。入学式、運動会、遠足……小学生時代のイベントの写真が、日付入りで几帳面《きちょうめん》に貼りつけられている。

「ほら、浩太郎くんも写っている」

菜々子が桜の木の下で撮られた始業式の集合写真を指差す。

「えっ？　これが俺……」

「そうよう」

「な、なんかやんちゃな顔してるなあ……」

久しぶりに少年時代の自分と対面して、浩太郎は苦笑した。髪を短いスポーツ刈りにしていたからかもしれない。記憶にあるよりずっと腕白坊主な雰囲気だ。

「昔の写真とか、見ないの？」

「ああ、見ない」

浩太郎は整理が苦手だし、そもそも過去を振り返ることも好きではない。思い出は束のままダンボールに仕舞われ、実家の押し入れの奥で静かに眠っている。

だが、たまには見るのも悪くないと思った。三十路《みそじ》に足を踏み入れたから、性格が感傷的になってしまったのだろうか。

いや、違う。自分のことではなく、少女時代の菜々子と久しぶりに再会できたことが、胸を熱くしたのだ。

（やっぱり、可愛かったんだなあ……）

いまは長い黒髪がおかっぱで、前髪が眉毛の上でまっすぐに揃《そろ》っていた。顔立ちも瓜実《うりざね》顔ではなく、小さくて丸い童顔だ。顔との対比でだろうか、両眼がいまよりずっとぱっちりして見えた。

そしてなにより、笑顔がまぶしい。

整列した集合写真でも、桜の花が舞うなかでピースサインを出していても、面倒だった大掃除の風景のなかでさえ、はじけるような笑顔を浮かべていた。

いまとはだいぶ違う。

大人になったのだから常に笑顔でいるほうがおかしいけれど、それにしてももう少し笑った顔が見てみたい。おはぎを食べてにっこりする程度ではなく、少女時代のような、まわりをそこだけ明るくするような、きらきらした笑顔を見てみたい。

「ねえねえ、このときのこと覚えてる？」

アルバムのページをめくった菜々子が、運動会の写真を指差した。

「もちろん」

浩太郎はうなずいた。

写真のなかで菜々子は、運動着姿でバトンを持って走っていた。前髪を風で流し、秀でた額を全開にして、グラウンドの土を蹴《け》りあげている。

男女混合リレーだった。

男ふたりに女ふたり、計四人のメンバーに、菜々子と浩太郎は選ばれていた。

菜々子が第三走者で、アンカーは浩太郎。

菜々子はひとり追い越して二位で浩太郎にバトンを渡し、浩太郎が最後のひとりをゴール間際で抜き去って優勝したのだ。

この町の小学校に通っていたときの、いちばんの思い出だった。

普段は犬猿の仲だった浩太郎と菜々子なのに、このときばかりは手を取りあって、はしゃぎにはしゃいだ。

「速かったたっ！　浩太郎くん、びゅーんって音がしそうだったたっ！」

「おまえだって、速かったぜ。三位でバトン渡されたら、絶対勝てなかったよ」

交わした言葉まで覚えている。

浩太郎は運動神経抜群というタイプではない。勝てたのはたまたまだ。いや、菜々子が勝たせてくれたのだ。菜々子が懸命に走る姿に突き動かされ、足が勝手にいつもの倍のスピードで回転してくれたのだ。

「……見なきゃよかった」

菜々子はアルバムを閉じると、畳の上に仰向けに倒れ、両手で顔を覆った。

「楽しかったなあ、子供のころは……」

「いまは楽しく……ないみたいだな?」

浩太郎がつぶやくと、

「……まあね」

菜々子は小さくうなずいて、それきり口を閉じてしまった。

静寂に包まれた部屋に、柱時計が時を刻む音だけが響いている。

浩太郎はふうっと溜め息をつき、

「親父さんの容態、どうなの?」

「あんまりよくない」

菜々子も溜め息まじりで答えた。

「あとひと月くらいで退院できそうだけど、それからしばらくは自宅療養だって。仕事できるようになるには、長ければ半年くらいかかるかも」

「半年か……」

浩太郎は炬燵の上に置いてあったみかんを取った。

「まあ、それくらいなら俺が手伝えるさ。心配すんなよ」

断りもなくみかんの皮を剝《む》き、口に放りこむ。最初は二、三カ月のつもりだったので半年はいささか長いような気もしたが、乗りかかった船だから仕方がない。

「おまえさあ……」

もぐもぐと口を動かしながら言った。

「彼氏とか、いないの？」

「……えっ？」

菜々子が顔を覆っていた手をどけた。

「な、なに言いだすのよ……わたし、未亡人なのよ」

「いや……ご主人亡くなってもう三年だろ。操を立てるのは充分じゃないか。亡くなったご主人だって、おまえが次の男と楽しくやってほしいって思ってるよ」

「わかったようなこと言わないで」

「痛っ……」

炬燵のなかで足を蹴られた。

「あなたになにがわかるのよ。あの人に会ったこともないくせに」

菜々子は寝返りを打ち、浩太郎に背中を向けた。

相変わらず、淋しそうな背中だ。

（よーし、ここはひとつ、明るく慰めてやれ……）

小学校時代の写真を見たことで、悪戯っ子の血が蘇《よみがえ》ってきたらしい。

「蹴ることないじゃないかよ」

炬燵のなかで、菜々子の脚をちょんと突く。菜々子は今日、いつものジーパンではなくロングスカートを穿《は》いており、しかも浴室掃除のあとだから生脚だ。

「そんなに怒るのは、図星を指されたからだろ」

ちょん、ちょん、と足指でふくらはぎのあたりを突く。浩太郎は靴下を穿いていたけれど、ぷにぷにした肉の感触が伝わってくる。

「やめてよ」

菜々子がこちらに向き直り、ちょん、と突つきかえしてくる。色香のしたたる三十路になっても、負けず嫌いは昔のままだ。

「図星でもなんでもなくて、わたしはデリカシーのない発言に怒ったんだから」

「これでも心配してるんだぜ」

ぐいっと足を伸ばすと、ふくらはぎを狙ったつもりが太腿に足指が食いこんだ。しかも、内腿だ。スカートのなかに足が入ってしまい、しまった、やりすぎた、と思ったときには、菜々子の顔色は変わっていた。

「やめてって言ってるでしょ、エッチ！」

ばーんと背中を叩かれた。

「わ、悪かった……」

浩太郎は苦笑して頭をかいた。

「でも、そんだけ怒る元気があれば大丈夫だな。昔、スカートめくりして追っかけまわされたことを思いだした。ははは……」

菜々子は笑わなかった。

悔しげに唇を噛《か》みしめ、もう一度背中を向けて寝ころんだ。

「なによ……後家さんだと思って、みんなでわたしのこと馬鹿にしてぇ……」

「おいおい、なんだよ？　みんなでって……」

「だから……」

菜々子は背中を向けたまま語気を強めた。

「みんなわたしの顔を見るたびに、同じこと言うのよ。『彼氏いるの？』『新しい男、早く探したほうがいいよ』『再婚する気があるなら相談に乗るからね』……馬っ鹿みたい。本当はね、わたしが番台座りたくないのは、そういう話をされるのがものすごく嫌だったたからなの……」

強気な口調とは裏腹に、背中が小刻みに震えていた。

切々と淋しさが伝わってくる。

チャンスだ、と浩太郎は思った。

いや、頭で考えるより先に胸がざわめき、体を突き動かされるようにして炬燵を飛びだすと、菜々子の隣に入り直して震える背中を抱きしめていた。

3

「な、なにするの……」

菜々子が蒼白《そうはく》になった顔を向け、唇を震わせる。

「もう三年だろ？」

浩太郎は真顔で菜々子を見つめ、声を低く絞った。

「ダンナさんが亡くなって三年……いいかげん踏ん切りをつけろよ」

「ど、どうして、そんなこと浩太郎くんに言われなきゃいけないのよ……どいて」

「どかない」

浩太郎は首を横に振り、息がかかる距離にまで顔を近づけた。

「俺じゃだめか？」

「なにが？」

「亡くなったダンナさんの代わりだよ」

「な、なに言ってるのよ……」

菜々子は呆れたように顔をそむけた。苦笑しようとしたらしいが、頬がひきつってうまく笑えない。

「馬鹿なこと言ってないで、もう遅いから自分の部屋に帰って。それともなに？　最初からそのつもりだったわけ？　元クラスメイトが未亡人になったから、簡単にたらしこめると思って銭湯手伝うなんて言いだしたの？」

気丈な言葉とは裏腹に、赤く染まった横顔から激しい動揺が伝わってくる。

ますますチャンスだった。

菜々子はこういったシチュエーションに慣れていないのだ。いや、昔はそれなりに経験したかもしれないが、結婚したり未亡人になったりで、男に迫られたことなど十年近くなかったのだろう。

「哀しいこと言うなよ……」

つやつやした長い黒髪を撫《な》でた。

「俺の初恋の相手は菜々子、おまえなんだぜ」

「そんな話、初めて聞いたけど」

髪を撫でる手をうるさそうにはねのける。

「悪戯ばっかりしてたのは好きの裏返しさ。おまえだって、もう三十の大人なんだからわかるだろう?」

「そ、それは……」

菜々子の眼が泳いだ。

「それとも、子供のころからわかってたのかな。女の子のほうが、大人になるのがずっと早いっていうもんな」

もう一度、長い黒髪を撫でた。菜々子はもう、はねのけてはこなかった。ただ可哀相なくらい動揺しているばかりだ。

(弱みにつけこむみたいで悪いけど……)

浩太郎は身の底から激しい欲情がこみあげてくるのを感じた。いつか夢に見て夢精までしてしまった続きを、これからするのだ。菜々子を自分のものにしてしまうのだ。むろん、受けいれてくれれば、きっちりと責任をとるつもりだった。再就職は諦《あきら》めて、一生この下町で風呂場の床磨きに精を出したっていい。

「菜々子……」

指を伸ばし、細い顎《あご》を持ちあげた。

菜々子は顔をそむけようとしたが、浩太郎はかまわず唇を奪った。

「うんんっ！」

菜々子が眼を見開く。身をよじってキスを振りほどこうとする。

浩太郎はそれをいなしながら、キスを深めた。

舌を差しだし、紅《あか》く色づいた薄い唇を舐《な》めまわした。

「うんんっ……うんんんっ……」

菜々子がもがく。炬燵のなかで腰と腰とがぶつかりあう。

浩太郎はいったん口づけをとき、たぎる視線で菜々子を見つめた。

「死んだ男のことなんて、俺が忘れさせてやるよ」

「か、勝手なこと言わないで……」

菜々子は唾液で濡《ぬ》れた唇をわななかせた。

「あなたにそんなことができるわけない……一週間前に、二十年ぶりに会ったばっかりなのに……」

「できるかできないか、やってみないとわからないじゃないか」

浩太郎は菜々子の胸元に手を伸ばしていった。黒いセーターに包まれた量感のあるふくらみを、軽いタッチで撫でさすった。

(で、でかい……あのときの夢は、正夢だったのか……)

手にした感触が、夢のなかで触れた豊満な乳房を生々しく彷彿《ほうふつ》とさせた。服の上から触っているにもかかわらず、陶然となってしまう。

「いやっ……やめてっ……触らないでっ……」

菜々子は真っ赤になって浩太郎の手のひらを胸の隆起から剝《は》がそうとしたが、浩太郎は頑として離さなかった。鉄が磁石に引き寄せられるように手のひらがふくらみに吸いつき、自分勝手に揉《も》みしだきだす。量感を確かめるように、まさぐってしまう。

「んんんっ！　やめて、浩太郎くんっ……お願いだからっ……」

「好きなんだよ」

浩太郎は真顔でささやいた。

「菜々子が初恋の相手だっていうのは本当だけど……それ以上に、二十年ぶりに再会したおまえがあんまり綺麗になってたから……きっと幼なじみじゃなくても、ひと目惚《ぼ》れしてた……」

みずから下心を暴露するような格好になってしまったが、もはや仕方がない。ここで押し切らなくては、チャンスは二度とないかもしれない。

「ああっ、やめてっ……離してっ……」

「好きなんだっ……好きなんだよ、菜々子っ……」

再び唇を奪おうとすると、菜々子はそれから逃れるように体を反転させて背中を向けた。浩太郎は両手を使って、後ろから双乳をつかまえた。セーター越しにむぎゅむぎゅと揉みしだきながら、長い黒髪に顔をうずめた。

今夜はまだ風呂に入っていないのに、たまらなく甘い匂いがする。興奮しきった浩太郎は、炬燵のなかで菜々子の尻にぐいぐいと股間を押しつけた。ジーパンの下の分身は、とっくに勃起しきって鋼鉄のように硬くなっていた。

「ああっ、いやっ……やめてよ、お願いっ……」

「いいじゃないか……好きなんだからいいじゃないか……」

自分勝手に言い募りながら、セーターの裾《すそ》をまくりあげた。

「いっ、いやあああっ……」

痛切な悲鳴とともに白い素肌が露出される。ブラジャーはベージュだった。夢で見たように黒いランジェリーを期待していたのだが、下着らしい生々しい色合いが逆に、息を呑むほどいやらしかった。

（なんて白い肌だ……）

ただ白いだけではなく、透明感がある。いかにも触り心地がよさそうな素肌の質感が、浩太郎の理性を完全にショートさせた。セーターを乱暴に菜々子の頭から抜くと、ブラジャーのホックをはずした。

「あああああああっ……」

浮きあがったカップの下に両手を忍びこませると、菜々子はのけぞった。うねうねと首を振り、長い黒髪から芳醇《ほうじゅん》な女のフェロモンを漂わせた。

「いいだろう？」

もっちりした乳肉を揉みしだきながら、ピンク色に染まった耳にささやく。悩ましく熟れた垂涎《すいぜん》の揉み心地に、吐息が熱っぽく高ぶっている。

「頼むよ、菜々子……好きなんだ……」

「ううっ……くぅううっ……」

うめきながらも、乳肉は揉みしだくほどにしこっていく。男からの愛撫を待ちかねていたように、手のひらに吸いついてくる。

（これだ……この揉み心地だよ……）

夢にまで見た理想の乳房を、両手でつかんでいた。蕩けるようでいて弾力のある、張りつめた女の果実。

「おまえだって感じてるんだろう？　なあ？」

両の乳首をこちょこちょと指でくすぐってやると、

「あっ、あぁううううっ……」

菜々子の口からは切羽つまった悲鳴が放たれ、乳首は瞬く間にツンと硬く尖《とが》りきった。

（た、たまんねえ……）

菜々子の肩越しに双乳をのぞきこむと、尖りきった乳首は燃えるような赤い色をしていた。まるで、この女体に埋蔵された欲情の激しさを示すような色合いだ。

性格は生真面目《きまじめ》な優等生でも、体は熟れた三十路の女。亡夫への操を貫きたいという理性とは裏腹に、刺激されれば反応してしまうのだ。

浩太郎は菜々子の腕を取り、畳の上に仰向けに寝かせると、その上から覆い被《かぶ》さるような体勢であらためて双乳をつかみ直した。たっぷりと量感がある肉の隆起は、けれども搗《つ》きたての餅《もち》のように柔らかくて、少し手指に力をこめただけで円錐形に尖りきる。

「ま、待って……」

菜々子が涙に潤んだ眼をすがめた。

「浩太郎くん……さっき言ったこと、本当ね？」

「ん？」

「あの人のこと……」

震える声を懸命に絞る。

「死んだ夫のこと……本当にあなたが忘れさせてくれるのね？」

「……ああ」

浩太郎はきっぱりとうなずいた。しかし、うなずく以上になにかを言う気にはなれなかった。いまの菜々子の言葉は事実上の合意であり、抱いてもいいという意味に他ならない。ならばよけいなおしゃべりは、本懐を遂げたあとでいい。

4

再び唇を重ねた。

ぬるりと舌を差しだすと、菜々子は今度はそっと口を開き、浩太郎の舌を受けいれてくれた。

「うんんっ……ぅんんんっ……」

舌をからめあわせ、吸いたてると、菜々子は鼻奥でうめいた。細く整えられた眉が、せつなげにきりきりと寄っていく。

夢で見たのと同じ表情だった。

眉間《みけん》にくっきりと刻まれた縦皺《たてじわ》の意味を、浩太郎はこのとき理解した。

亡夫を忘れられない、けれどもひとりで生きていくのは淋しすぎる――深いキスにあえぎながら、菜々子はふたつの気持ちに切り裂かれてしまいそうなのだ。

（ちくしょう……）

浩太郎の胸はざわめいた。死してなお菜々子の心を繋《つな》ぎとめている亡夫に、心の底から嫉妬《しっと》していた。快楽に身を委《ゆだ》ねる一時くらい、なんとかして忘れさせてやりたい。

「んんっ……あああっ……」

浩太郎が再び乳房を揉みしだきはじめると、菜々子は総身をのたうたせた。乳房に与えられる刺激から逃れるように、みずから舌をからめてくる。生活感あふれる畳敷きの居間に、ねちゃねちゃと卑猥《ひわい》な音が響く。

浩太郎は片手でねちっこく乳肉を揉みしだきながら、もう片方の隆起に舌を這《は》わせはじめた。

たっぷりと量感のある裾野から赤い乳首が咲き誇る先端に向けて、限界まで伸ばした舌で丁寧に舐めあげていく。

だが、乳首はまだ触れてやらない。

左右の乳房の下半分だけを唾液でねとねとに濡らし、濡らしてはこってりと揉み倒していく。

「ううっ……くぅううっ……」

菜々子の背中が、じりっ、じりっ、と反り返っていく。胸を突きだすようにしてくるのは、無意識に乳首への刺激を求めているからに違いない。焦《じ》らすように周辺だけを刺激されたことで乳首はほとんど円柱状にまで突起して、眼に突き刺さってきそうな勢いだ。

浩太郎は舌先を尖らせていく。

円柱状の横側から、くすぐるように乳首を舐めると、

「あっ、あぁうううううーっ！」

菜々子はついに声をこらえきれなくなり、甲高《かんだか》い悲鳴をあげた。その声量に自分でも驚いたらしく、羞恥《しゅうち》に歪《ゆが》んだ顔を両手で隠す。

（三年ぶりだもんな……やり方忘れててもおかしくないよ……）

浩太郎は大きく息を呑んだ。

肉体も性感も完熟しているのに、理不尽な運命によってパートナーを失い、欲望を抑え

こんでいた菜々子には、熟女の淫らさと処女の羞《は》じらいが同居しているようだった。

乳首をそっと口に含んだ。

まずは柔らかく吸いたて、円柱状の側面だけに唾液をつける。やわやわした刺激で、赤い乳首をさらに尖らせる。

「はぁああっ……はぁあああっ……はぁあああっ……」

菜々子の呼吸が激しくはずむ。薄眼を開けて浩太郎を見つめてくる。わななく唇から、もっと強く吸ってという言葉が聞こえてきそうだ。

浩太郎は乳首を口に含んだまま、舌を使った。

限界を超えて尖りきった胸の性感帯を、ねちっこく舐め転がした。

「くっ、くぅうううーっ！　くぅうううううーっ！」

菜々子は眉間の縦皺をいっそう深め、喜悦にこわばった全身を小刻みに震わせる。

ちゅうううっ、と音をたてて浩太郎は乳首を吸った。

いままでのじらすような愛撫から一変し、乳肉を荒々しく揉みしだきながら左右の乳首を痛烈に吸いたてた。

「はぁあああーっ！　はぁあああああーっ！」

菜々子が身をよじって首を振る。長い黒髪が畳の上でうねうねと波打つ。

浩太郎もハアハアと息をはずませて、下肢に手を伸ばしていった。

左手と唇で乳房をしつこく刺激しながら、右手を炬燵のなかに入れ、長いスカートをまくりあげた。

（……んっ）

炬燵の熱気で蒸れていたせいか、スカートのなかはむっと湿って、太腿がじんわり汗ばんでいた。

「ああっ……ううっ……」

菜々子はぎゅっと眼を閉じ、長い睫毛《まつげ》を震わせた。

生々しく紅潮し、くしゃくしゃに歪んだ顔には、指がいよいよ股間に迫ってきた羞恥ばかりではなく、獣の牝の欲情が見え隠れしている。

浩太郎は右手を動かした。

むっちりと張りつめた太腿から、股間に食いこんだパンティの方へ。

ナイロンだろうか、やけになめらかな生地のパンティだった。

中指を使って、こんもりと盛りあがった恥丘を撫でた。

いやらしいまでの小高さに、心臓が爆発せんばかりに高鳴っていく。

「あうっ……んんんっ……」

中指を恥丘の下へとすべりおろしていくと、菜々子は清楚《せいそ》な美貌を限界まで歪ませ、細眉をほとんど八の字に垂らした。半開きの唇の奥で嚙みしめられている白い歯列がどこまでも痛切で、悩ましい。

（な、なんて熱さだっ……）

パンティ越しに柔肉を撫でた浩太郎は、薄布の奥から発せられている妖しい熱気にたじろいだ。割れ目に沿うように指を這わせると、ほんの二、三往復で、船底部分の生地がじんわりと湿ってきた。

（感じやすいんだな……パンティの上から触っているだけで、こんなに……）

見なくても、生地にシミが浮かんでいる様子がありありと伝わってくる。それほどはっきりと、指は湿り気を感じている。

ぴったりと股間に貼りついている船底部分の間に、指を忍びこませた。

粘り気の強い蜜が指にからみついてくる。

くにゃくにゃした花びらはすでにぐっしょりと濡れまみれ、軽く指を動かしただけで合わせ目をほつれさせて、熱い花蜜をしとどにあふれさせた。

（夢と同じなら……これが……）

身をよじるほどキツキツに締まる、名器ということになる。一刻も早くこのなかに分身を沈めたいという思いが、指の動きを淫らにする。肉の合わせ目にあるクリトリスを探り、小刻みなヴァイブレーションを送りこんでやる。

「んんん……あああっ……」

菜々子がせつなげにあえぐ。すがりつくように浩太郎の腕をつかみながら、むっちりした太腿の肉を小刻みに痙攣《けいれん》させる。

（ど、どうしよう……舐めてやりたいけど……）

ここは蛍光灯の煌々《こうこう》と灯《とも》った居間であり、ふたりは下半身を炬燵布団に沈めこんでいた。この先に進むのに、いささか面倒な体勢である。

ぬめりにぬめった女の花をいじりまわしながらひとしきり逡巡《しゅんじゅん》した浩太郎は、やはり菜々子の部屋にでも行き、落ち着いてじっくりと情を交わしたくなった。

「なあ……」

と声をかけると、

「ねえ……」

同じタイミングで菜々子も声をあげた。菜々子の声のほうが大きかった。

「なんだい？」

浩太郎が水を向けると、

「や、やっぱり、だめ……」

菜々子は切れ長の美しい眼に涙をいっぱいに溜めて言った。

「わたし、やっぱり……あの人のことが忘れられない……忘れられないの……」

「な、なにを言いだすんだよ、いまさら……」

浩太郎は苦笑したが、頬がひきつってうまく笑えなかった。

「だって浩太郎くんは、あの人じゃないし……あの人は死んじゃったし……死んだからって忘れられるわけないし……」

菜々子は混乱をそのまま口にしながら、パンティのなかに入っていた浩太郎の手をどけて、炬燵から抜けだした。脱ぎ散らかしてあったセーターとブラジャーで剝きだしの胸を隠すと、

「ごめんなさい……」

浩太郎の顔を見ないでつぶやいて、二階に続く階段を駆けあがっていった。

浩太郎は呆然《ぼうぜん》とその後ろ姿を見送った。深い溜め息をつき、右手の中指を眺めた。獣じみた匂いのする粘っこい蜜だけが、生真面目な未亡人の置きみやげだった。

5

（ちくしょう……まったくやんなっちゃうぜ……）

浅草にある居酒屋のカウンターで、浩太郎はホッピーのジョッキを傾けている。

今日は『花の湯』の定休日だった。

昨日の情事未遂のおかげで、朝食時の気まずさは尋常ではなく、浩太郎と菜々子は一度も視線を合わさないまま、お互いに顔をこわばらせて喉につまったごはんを味噌汁で流しこんだ。

いたたまれなくなった浩太郎は昼食と夕食のキャンセルを申し出て散歩に出かけ、行くあてもないまま下町を歩きまわった。やがて浅草に出た。六区興行街にある名画座で三本立てのやくざ映画を観たのち、酒でも飲まなければやりきれないと口開け早々の赤ちょうちんに飛びこんだのである。

ホッピーを立て続けに三杯飲んだ。

映画のストーリーなどまるで頭に残っておらず、ただ昨日不完全燃焼した欲望だけが体の内側でプスプスと音をたてて焼け焦げている。

手のひらには生々しく、菜々子の乳房の感触が残っていた。今度は夢ではない。長い黒髪の匂いも、硬く尖った赤い乳首の吸い心地も、割れ目から漏れた発情のエキスの粘り強さまで、なにもかもありありと記憶している。眉間にくっきりと縦皺を刻んだせつなげなあえぎ顔に至っては、眼の奥に焼きついて離れない。

昨日の夜、菜々子はたしかにすべてを許す気になっていたのだ。

浩太郎の押しの強さに負けた感は拭《ぬぐ》えないが、それでもパンティのなかに手を入れることまで許してくれたのだから、もうあとひと押しでひとつになれたことは間違いない。そしてひとつになってしまえば、菜々子にしても踏ん切りをつけることができ、みずから積極的に亡夫のことを忘れてしまえるようになったはずだ。

それなのに……。

菜々子は行為を途中で中断し、自分の殻に閉じこもった。浩太郎にとっても菜々子自身にとっても、最悪の選択である。

（ああ、もうっ！　本当にちくしょうだ……）

とにかく腹が立ってしょうがなかった。菜々子に対する恋心のようなものが成就し損なったこともやりきれないが、それと同じくらい、いやそれ以上に、限界まで高まったところで宙に放りだされた欲望が、激しい苛立《いらだ》ちを募らせる。

女の菜々子にはわからないかもしれないけれど、男にとって性行為を途中で中断されること以上につらいことはないのだ。昨夜はあれから自分の部屋に帰って自慰をしたが、自慰がセックスの虚《むな》しい代償行為であることを思い知らされただけだった。

射精は射精でも、セックスとオナニーでは全然別物なのである。本当にセックスがしたいときのオナニーは、よけいに欲望を募らせるだけだ。

柔らかい女の肌に対する飢餓感だけを高まらせ、ぬめぬめした女肉にイチモツを突き立てたくて仕方がなく、体は疲れているのに夜が明けるころまでまんじりともせずに布団のなかで悶々としていた。

（そういえば、ここは浅草か……）

東京の地理はよくわからないが、江戸時代の遊郭にして日本一のソープランド街と言われる吉原は、たしかこの近くにあったはずだ。いっそソープに行き、体の内側に溜まったドロドロしたものをきれいさっぱり吐きだしてしまおうか。そのほうがもう少し冷静に、菜々子のことを考えられるかもしれない。

だが、財布を確認すると千円札しか入っていなかった。急に現実に引き戻された。失業者の身空で、わざわざ銀行で金をおろしてまでソープランドに行くことは、さすがに躊躇《ためら》ってしまう。こうなったら、もう飲むしかなかった。浴びるように飲んでぐでんぐでんに酔っぱらい、泥のように眠るしかない。

「もう一杯ください。ホッピーあるから、なかの焼酎だけ」

浩太郎が声をかけると、五十がらみの女将《おかみ》が、相好《そうごう》を崩した。

「兄さん、いい飲みっぷりだねえ」

カウンターの向こうでジョッキを受けとった五十がらみの女将が、相好を崩した。

「でも、つまみはいいのかい？　お酒ばっかり飲んでると、すぐにまわっちまうよ」

眼の前には突きだしの煮物があるきりだった。さすがに申し訳なくなり、

「じゃあ、塩辛」

いちばん安いメニューを注文した。

朝飯を食べたきりだったので腹も減ってはいたけれど、空きっ腹に大量の酒を流しこみ、泥酔するほうが先決だ。

「まったく近ごろの若い男ときたら、だらしないったらありゃしねえ……」

カウンターで隣りあわせた男が仲間と大声でしゃべっている。

浩太郎は女将からホッピーと塩辛を受けとると、男に背中を向けて座りなおした。先ほどから声がうるさくて迷惑していた。カウンターが七、八席ほどの狭い店なのに、工事現場でしゃべっているような音量なうえ、しゃがれたダミ声が耳触りだ。

「脚の間にキンタマついてるのかって、心配になってくるぜ。アキバ系だかなんだか知らねえが、いい歳《とし》してパソコンの前でせんずりばっかりこいてるらしいじゃねえか。女ひとりまともにコマせないで、イッパシの面してるんだから笑わせやがる……」

「せんずりばっかり」「女ひとりまともにコマせない」……言葉の断片がぐさぐさと胸に突き刺さり、浩太郎は貧乏揺すりを始めた。心の傷が激しく疼《うず》く。ホッピーを一気に半分ほど喉に流しこむと、腹の底がカアッと熱くなり、おとなしく座っていることができなくなった。

「ちょっとっ！　もう少し静かに飲んでくれませんか。マナーってもんをわきまえてくださいよ」

振り返って睨《にら》みつけた瞬間、しまったと思った。男の人相が悪すぎたからである。顔は岩のように厳《いか》つく、頭はちりちりのパンチパーマ。店にいた数名の客が、やっちまったというふうに眼をそむける。おまけに女将まで血相を変えてカウンターから飛びだしてきて、浩太郎の後頭部を押さえこんだ。

「あんたっ、謝りなさいっ！　そういうことは、相手をよく見てから言うものよ」

浩太郎がわけもわからず戸惑っていると、男は蒼白な表情でゆっくりと吐きだした紫煙を浩太郎の顔に浴びせ、内ポケットから名刺を一枚取りだした。

（な、なんだ……）

カウンターに置かれた名刺には「関東村田組　村田恒彦《つねひこ》」とあった。組は組でもゼネコンではなさそうだった。野太い毛筆で書かれた書体から、堅気《かたぎ》ではない雰囲気がぷんぷんと漂ってくる。

「兄ちゃん、悪い……」

耳をほじりながら、村田はドスのきいた声で言った。

「マナーがなんだって？　よく聞こえなかったから、もういっぺん言ってくれ」

「ほら、あんた早く謝って！」

女将さんが後頭部をぐいぐいと押してくる。

「この人は浅草じゃ有名なテキ屋一家の親分さんなんだよ。失礼な口のききかたはやめて

おくれっ！」

「い、いや、あの……」

浩太郎は震えあがった。先ほど観たやくざ映画のなかで、無惨にリンチされ、殺されて

しまった若いチンピラの姿が蘇ってくる。

「……んっ？」

ところが不意に、村田の親分が眼を丸くした。

「なんだ。誰かと思えば、兄ちゃん、『花の湯』の番台じゃねえか。女湯見ながら鼻血流してた」

「あ……」

浩太郎も男の顔を思いだした。厳つい顔といい全身に背負った倶利迦羅《くりから》もんもんといい、極道丸出しなのに、女湯をのぞかせろと迫ってきた、すけべおやじだ。

親分は紫煙をふうっと吐きだすと、わずかにリラックスした表情で訊《たず》ねてきた。

「今日は『花の湯』休みかい？」

「え、ええ……」

「俺はよう、あそこの風呂が大好きでよ。浅草からはちょいと遠いが、月に一度はわざわざ足延ばすほどでな」

「そ、そうですか……ありがとうございます……」

浩太郎が頭をさげると、親分はどうしたものかという表情で視線を泳がせた。店中が凍りついたように固まっていた。女将も他の客もそして浩太郎も、親分の次のひと言を固唾《かたず》を呑んで見守っている。

「兄ちゃん、組合からの紹介か？」

親分がさらりと訊ねてきた。

「えっ……組合？」

　浩太郎が首をひねると、

「銭湯組合だよ。『花の湯』は親父さんが倒れちまって、しばらく休んでたろう？　で、組合に頼んで人を雇ったんじゃねえのかい？」

「い、いいえ……」

　浩太郎は首を横に振り、

「ぼ、ぼ、僕はその……『花の湯』の娘と幼なじみでして……といっても小学校のとき一年間だけですけど……その縁で……」

「番台になったのか？」

「は、はあ……実は僕、二十年ぶりに東京に出てきたんですけど、懐かしくなって『花の湯』を訪ねたら、親父さんが入院して営業できないって……菜々子も……銭湯の娘ですけど、彼女も意気消沈してたから、俺が手伝おうかって……近所の人、みんな銭湯休みで困ってるだろうって……」

「兄ちゃん、仕事は？」

「そ、それが……失業中といいますか……就職先を探しに東京に出てきたんですが、そんなとき『花の湯』の窮状を知って……」

浩太郎がバツ悪げに口籠《くちご》もると、

「偉いっ！」

村田の親分が声をあげて肩を叩いてきた。

「兄ちゃん、いまどきの若いもんにしちゃあ、見所あるじゃねえか。自分のこと放《ほ》っぽりだして銭湯の手伝いたあ、なかなかできるもんじゃねえ。おい、女将、酒だ。兄ちゃんにホッピー飲ましてやってくれ」

店を凍りつかせていた緊張が一気にとけ、女将は「はいはい」と浩太郎のジョッキを持ってカウンターのなかに戻っていった。他の客たちが、ふうっと安堵《あんど》の溜め息をつく。どうやら命拾いしたらしいと、浩太郎も全身から力が抜けていった。

第四章　神社でどっきり

1

「いったいどうしたんですか……」

浩太郎は驚いて路上に立ちつくした。

昼下がりの『花の湯』の前で、十人ほどのテキ屋集団が屋台を設営しだしたからだ。焼きそば、イカ焼き、りんご飴《あめ》に射的、ちょっとした縁日の趣きである。

テキ屋を率いているのは、もちろん村田の親分だった。

「どうしたもこうしたもあるもんか。昔から人を集めるにゃ屋台が一番って相場が決まってるんだ。ひとっ風呂浴びるついでに焼きそば食って射的もできるとなりゃあ、ガキ連れた親やカップルがわっさわっさと集まってくるぜ」

親分は胸を叩き、自分の意見に満足そうにうなずく。

（まいったな、菜々子になんて説明しよう……）

実は昨日、浅草の赤ちょうちんで酒を酌み交わしながら、『花の湯』の経営が芳しくないという話をしたのである。営業は再開したものの利用客が急に増えるはずもなく、おまけに最近は原油高で燃料費も馬鹿にならないと、菜々子がもらしていたからだ。

「よーし、俺にまかせろ」

話を聞いた親分は、酔いに赤らんだ顔を輝かせた。

「兄ちゃんみたいにボランティアってわけにゃいかねえが、俺も『花の湯』のためにひと肌脱いでやる」

「ひ、ひと肌ってなにを？」

浩太郎が恐るおそる訊ねると、

「明日になればわかるさ。それよりよう、うまく客が集まるようになったら……」

親分は厳《いか》つい顔ににんまりと笑みを浮かべ、

「一度でいいから俺を番台に座らせてくれよ、な」

骨が折れるような勢いで、浩太郎の肩をばんばんと叩いてきた。

「どいた、どいたあっ！」

路上で立ちつくしていた浩太郎を、威勢のいい若い衆が突き飛ばしていく。全員パンチパーマや坊主頭で、眼光が鋭い。力仕事をしているから、寒空の下にもかかわらず黒いダボシャツ一枚になって、筋骨隆々の体を誇示している。ひ弱な浩太郎など、一発殴られたらあの世行きになりそうだ。

（……んっ？）

よく見ると、男ばかりのテキ屋軍団のなかに、女がひとりだけ混じっていた。小柄だが異様に迫力がある。黒いダボシャツの上に、「関東村田組」と書かれた袢纏《はんてん》を着ているせいかもしれない。紅一点にもかかわらず表情は落ち着き、作業をしているというより見守っているので、どうやら指揮をする立場のようだ。

（けっこう美人じゃないか……）

歳《とし》は二十代半ばくらいか。細面の端整な顔立ちをしているが、化粧が濃く、妙に眼が吊りあがっている。髪をきついアップにしているから、それで眼尻が引っ張られているのだ。祭で神輿《みこし》を担ぐ女のように、凜《りん》とした色香が匂った。形のいいおでこに締められた豆絞りのねじり鉢巻きも、きりりとした印象を際立たせている。

眼が合ったので、浩太郎はおずおずと会釈《えしゃく》した。

女はゆっくりと近づいてきた。踵《かかと》を出した雪駄の履き方が粋《いき》である。

「あんたかい、うちの親分に『マナーを守れ』って怒鳴ったっていうのは？」

「えっ、いや、それは……」

浩太郎は焦った。面と向かって怒鳴ったわけではなく、振り返ったら怖い顔が待っていたのだと言い訳しようとしたが、にこりともしない女の表情に気圧《けお》されて、言葉が出てこない。

女は値踏みするような眼つきで上から下まで眺めてくると、

「ふーん。軟弱そうに見えて、意外にキンタマでかいのかもな」

「キ、キンタマ？」

浩太郎が驚いて声をひっくり返すと、

「あら失礼。見かけによらず、肝がとーっても太くていらっしゃるのかしらね」

女はカラカラと高笑いして踵《きびす》を返した。

その背中を呆然《ぼうぜん》と見送る浩太郎に、親分が近づいてきて耳打ちする。

「娘だよ」

「そ、そうなんですか……」

顔の系統はまったく違うが、迫力だけは父親譲りだ。

「雅美ってんだ。美人だろ」

「ええ、まあ……」

浩太郎がうなずいた。親の欲目を差し引いても、言いすぎではない。

「あいつはよう、子供んときからおっかねえ連中に囲まれて育ったから、強面《こわもて》の野郎は好きじゃねえんだ。むしろ、おまえさんみたいな普通の男がタイプっていうかよ。おまえさん、どうだ？」

「ど、どうだって言われても……」

浩太郎は苦笑したが、頬がひきつってうまく笑えない。

「コマしたっていいんだぜ」

親分がにやりと笑う。

「やつぁ、いま恋人募集中だからな。実はこの前まで付き合ってた男がいたんだけどよ。パソコン教室の先生でな、なよっとした兄ちゃんよ。結婚の話まで出たらしいけど、うちの仕事を知った途端、ケツまくって逃げだしやがった。まったくだらしねえ……」

煙草に火をつけ、ふうっと紫煙を吐きだす。

「だけど、おまえさん。やつをコマすときは腹括《くく》れよ。雅美はうちの一粒種だ。やつのイロにゃあ、どうあっても村田組の金看板を背負ってもらわなきゃならねえ」

「コ、コマすなんて……」

浩太郎はあわてて首を横に振った。

「そ、そんなことするわけないじゃないですか。だいたい俺みたいな男、彼女が相手にしてくれるわけないですよ……」

「いや、どうかな……」

親分が視線を雅美に送る。

「見たろ、さっきの高笑い。わざわざキンタマがどうしたなんて悪態までついて。やつはタイプな男にはよ、最初は思いっきり虚勢を張るんだ。わかるだろ、そういう気持ち？好きな女の子のスカートめくりする悪ガキと一緒さ」

「いや、その、どうなんでしょう……」

思いあたる節はおおいにあったが、浩太郎は苦笑して誤魔化すしかなかった。

2

『花の湯』の前に村田組が屋台を並べはじめてから、一週間が過ぎた。

評判は上々で客足も一気に倍近くにまで伸びたことから、当初は一週間ほどだけの予定だったのが、週末に常設されることになった。もちろんそれを決めたのは村田の親分で、銭湯のオーナー代理である菜々子は屋台の設置に当初から反対だった。やくざとは口もきたくないと、屋台の件はすべて浩太郎の担当になっていた。

「あの人たち、そんなに悪い人じゃないと思うぜ……」

浩太郎は菜々子に説明した。

「やくざにはテキ屋とバクチ打ちってふたつの系統があって、抗争事件とか起こすのはバクチ打ちのほうらしいじゃん。言ってみればテキ屋は『男はつらいよ』の寅さんで、バクチ打ちは『仁義なき戦い』だよ。な、全然違うだろ？」

浩太郎自身もよくわからない、村田の親分に聞いた受け売りだった。

「やくざはやくざでしょ。人のこと威圧するようなあの態度、わたし、大っ嫌い」

菜々子はクラス委員だったころと変わらぬ論理で冷たく返すばかりだ。

「いや、まあ、そうなんだけど……これは『花の湯』の経営のためでもあるんだよ。ほら、おまえだって、最近燃料費が高くて困るって言ってたじゃないか」

「人のせいにする気？　わたし、知らないわよ。お父さん帰ってくるまでは、大目に見るつもりだけど……」

「親父さんだって、わかってくれると思うけどなあ。実際、客足は倍増してて、遠くからわざわざ来てくれる人だっているんだから……」

菜々子の頑《かたく》なな態度にまいりながらも、浩太郎は内心安堵《あんど》していた。情交未遂事件があってから絶望的に気まずかったふたりの関係が、屋台のおかげで会話をするきっかけができたからである。

(まあ、親父さんにも反対されたら断るしかないけど、実際よくやってくれてるよ、村田組の人は……)

顔は厳つくても商売の腕はなかなかで、お祭りでもなんでもない銭湯の前というシチュエーションで、しっかり屋台を繁盛させていた。屋台の灯りや匂い、若い衆たちの威勢のいい掛け声に、下町の人間なら敏感に反応してしまうせいもあり、日を追うごとに盛況になっていったのだ。

村田の親分は初日に顔を出して以来来ていなかったけれど、娘の雅美は毎日やってきて陣頭指揮をとっていた。とはいえ、親分におかしなことを言われたおかげで浩太郎は変に意識してしまい、お決まりの挨拶《あいさつ》以上に言葉を交わすことはなかった。

「そろそろ仕舞いにするよ」

午後十一時、雅美が女湯の扉を開けた。

「ご苦労様です。おかげで今日も客足よかったです」

浩太郎は番台で頭をさげた。

「ああ、そう。じゃあまた明日な」

「よろしくお願いします」

いつもどおりのやりとりだったが、雅美はいつものようにすぐさま踵を返さず、脱衣所を眺めてぽつりとつぶやいた。

「俺も……」

雅美の一人称は、女なのに「俺」だ。

「たまには風呂でも入っていこうかな……」

「……ええええっ？」

浩太郎が素《す》っ頓狂《とんきょう》な声をあげたので、脱衣所にいた客がいっせいに番台のほうを見た。

「なんだよ、大声出して」

雅美はおかしくもなさそうに笑うと、扉から顔だけ出して若い衆に声をかけた。

「おーい。ひとっ風呂浴びていくから、先帰っててくれ」

顔を戻して番台のカウンターに千円札を乗せ、

「なんにも用意してないけど、貸しタオルとかあるんだろ？」

「え、ええ……もちろん……」

浩太郎はあわてて貸しタオルと小石鹸、小型ボトルのシャンプーとリンスのセットを渡した。

「サンキュー」

颯爽《さっそう》と脱衣所に進んでいく雅美の背中を眺めながら、浩太郎の胸の鼓動は限界を超えて高鳴っていった。

（お、俺が番台にいるのに……は、入っちゃうのかよ……）

ほとんど呆然としていた。番台とはいえ、浩太郎の見守っているなかで素肌をさらし、女の恥部を露《あら》わにするのか。客足が増えたとはいえ、若い客はせいぜい三十代の子連れだったから、遥江以来の超大物の登場と言っても過言ではない。

雅美はまず、髪どめをはずして黒髪を肩におろした。

一瞬にして印象が変わった。

絹のように光沢のあるストレートの黒髪も女らしくて素敵だったが、それ以上に、アップに髪をとめていることで吊りあがっていた両眼が、柔和な表情になったのだ。まだいささか化粧の濃さが気になるが、髪をおろすと淑《しと》やかさが際立った。

続いて袢纏を脱ぎ、丁寧に畳んで籐《とう》の籠《かご》に入れた。

黒いダボシャツの胸は平らだった。

顔立ちは美しくとも、スタイルにはあまり期待できないかもしれない。

ダボシャツのボタンがはずされると、その下には白いさらしが巻かれていた。

雅美は一瞬、眼の下を羞じらいに赤く染めて番台を見てきた。

浩太郎はぼんやりと男湯のほうに顔を向け、脱衣所に流れているラジオ放送に聞き入っている振りをしていたが、もちろん横眼でしっかりと女湯を観察していた。遥江には見破られた横眼のぞきだが、鏡を見ながら練習を重ねたので、当初よりはずっとバレにくくなっているはずである。

雅美もうまく騙《だま》されてくれたらしく、さらしをはずしはじめた。

胸に巻かれた白い布が一周、もう一周と剝《は》がされていくほどに、その下からふくらみが盛りあがってきた。どうやらテキ屋として凜々《りり》しく振る舞うため、わざと胸を平らにしてあったらしい。すべてをはずし終えたときには、ダボシャツ姿のときには想像もできなかった丸々とした双乳が現われた。

（す、すげえっ……）

浩太郎は思わずごくりと生唾を吞みこんでしまった。

巨乳とまでは言えないが、丸さが尋常ではなかった。まるで小型のプリンスメロンをふたつ実らせているようで、肉の果実とでも表現したくなるほどだ。

さらに乳首は清らかな薄ピンク。

顔に毒々しいほど濃い深紅の口紅が塗られているから、なおさらその薄さが可憐《かれん》だ。

乳輪の大きさが小さく、ついている位置が高いので、乳房自体はどこまでも丸いのに、ツンと上を向いて見える。

その色合いといい、弾力ありそうな丸みといい、番台に座った浩太郎を勃起させるのに充分な迫力だった。

(でも、よかったぜ……)

股間を熱く疼《うず》かせながらも、浩太郎は安堵の胸を撫でおろしていた。

村田の親分はどっかりと刺青《いれずみ》を背負っていたから、ともすればその愛娘《まなむすめ》にしてテキ屋一家の後継者である雅美の体にも、似たようなものが入っているのではないかと心配していたのだ。

しかし、雅美の体は綺麗なものだった。

抜けるような、という月並みな表現がぴったりくるほど素肌は白く輝き、胸元や腕の内側に青白い血管を浮かせている。これほど美しい裸身を刺青で穢《けが》してしまうことなど、いくらテキ屋一家に生まれたからといって許されることではない。

(おおおっ……)

雅美が黒い股引《ももひき》を脱ぎ、下肢を露わにした。

小さめの尻が形よく上を向き、引き締まった二本の脚はかもしかのようだ。

そして、股間にぴっちりと食いこんでいるのは、純白のハイレグパンティ。

年ごろの若い娘にしては飾り気がなさすぎる気もしたが、清潔なエロティシズムを感じた。黒いダボシャツに袢纏というテキ屋らしい装いの下から現われただけに、その白さがまぶしすぎる。

（もしかして、白いさらしとのコーディネイトなんだろうか……）

馬鹿なことを考えているうちに、雅美はパンティの両脇に手をかけた。

清潔な白い布地の下からすうっと縦長の、控えめに生えた草むらが露わになる。

生えている面積は少ないが、頭髪同様、艶《つや》のある繊毛だ。

雅美は脱いだパンティを籠の奥に隠すと、浴室に向かった。

丸々とした乳房と控えめな恥毛には女らしさが匂ったが、まっすぐに伸びた細い背中と小さめの尻は、テキ屋の姐《ねえ》さんらしい凛々しさにあふれ、思わず見とれてしまう。

（むうっ、ああいう女って……）

いったいどんな抱き心地なのだろう、と浩太郎は思った。ベッドのなかでもいつもどおりの威勢のよさで男をリードするのか、それとも意外に女らしく奉仕の精神を発揮するのか。両脚を大きく開かれ、その中心をみなぎる男根で田楽刺しにされれば、恥も外聞もなくひいひいと声をあげてよがり泣くのか。

想像しただけで、身震いが起こるほど興奮した。

ああいう女をベッドでよがり泣かせることができたら、それこそ男子の本懐、男冥利《みょうり》に尽きるというものであろう。

3

また『花の湯』の定休日がやってきた。

浩太郎にとっては厄日のようなものだった。

なにしろすることがない。金もなければ、近所には友達もいないし、菜々子とはようやく会話ができるようになったものの、まだふたりきりでいると時折気まずい空気が漂う。

菜々子はあの夜の情事未遂をたいへん後悔しているらしく、二度とおかしなムードにならないよう分厚いバリアを張っているから、ちょっと散歩にでも行かないかと誘っただけで、頬をひきつらせて断ってくる。

（警戒しすぎだよ、もう……）

浩太郎はひとりで散歩に出た隅田川沿いで、寒い北風に吹かれながら缶コーヒーでも飲むしかなかった。

いや、浩太郎としては警戒心をといて再びいいムードをつくろうとしているのだから、菜々子の心配はもっともと言えばもっともだ。とはいえ、この前は浩太郎もそれなりに覚悟をして口説いたのである。それをなかったことにされるのは哀しいし、ボランティアで銭湯を手伝っている甲斐《かい》もない。

（こうなったら、いっそ雅美のほうに鞍替《くらが》えしてみるか……）

村田の親分の話では、浩太郎は雅美のタイプであるという。浩太郎が番台に座っているにもかかわらず風呂に入ったりしたのも、普段はひた隠しにしている女らしい部分を見せつけることが目的だったたと思えなくもない。

「だめだ、だめだ……」

浩太郎は苦笑して溜め息をついた。

いくら綺麗でも、抱き心地を考えるだけで身震いがとまらなくなっても、彼女はテキ屋一家「関東村田組」の後継者なのだ。下手にうまくいって恋仲になったりしたら、待っているのは極道社会への片道切符である。雅美の体は瑕《きず》ひとつない美しさだったが、浩太郎が組に入ったら、義父となった親分に無理やり刺青を背負わされるかもしれない。全身に針を打たれて泣き叫ぶ自分の姿を想像すると、欲情も自然と萎《な》えていく。

びゅうと北風が吹いた。

あまりの寒さにベンチから腰をあげ、あてのない散歩を再開した。

しばらく行くと、神社があった。

なにか祭事をやっているらしい。小さな神社なのに、人出がけっこうある。

鳥居をくぐって、階段をのぼった。

急な斜面に沿って建てられた神社で、階段をのぼるとまず手水舎《ちょうずや》や社務所があり、もう一回長い階段をのぼって、ようやく拝殿に出る。赤い柱の建物は小さいながらもきりりとした存在感があり、浩太郎は思わず背筋を伸ばした。

(おっ……)

眼の前を白衣に緋袴《ひばかま》の巫女《みこ》さんが通りすぎていった。

一陣の風が清らかに通りすぎていったようだった。

しかも美人である。

アーモンド形の眼をした顔立ちは現代的だが、トラディショナルな巫女の衣装がよく似合っている。

(おいおい、遥江じゃないか……)

浩太郎は目を見張り、息を呑んだ。

栗色だった髪が黒く染め直され、白い檀紙《だんし》で束ねられていたので気がつかなかったけれど、よく見ればいつか営業前の銭湯で一戦を交えた女子大生である。

向こうも気がついたらしく、浩太郎の顔を見て眼を丸くしている。怒ったような驚いたような羞じらうような、複雑な表情で見つめてくる。

だが、人目もあるのですぐにうつむき、そそくさと走り去っていった。

（まさか、神社の娘ってことはないよなあ……）

聖職である巫女とはいえ、現在ではその大半が臨時雇いであるらしい。

下町散策が大好きな彼女だから、アルバイトでもぐりこんだのだろうか。

神社の境内には、拝殿の他に神楽《かぐら》殿があった。老朽化の進んだ古めかしい建物だが、威厳は充分にある。

やがて、その神楽殿にふたりの巫女が登場し、舞が始まった。

巫女は白衣と緋袴の上に、千早《ちはや》という白く透けた衣装を羽織り、足元は清廉な白い足袋《たび》。頭には半月を描いた金の冠をのせている。

巫女のひとりは遥江だった。

しかし、もうひとりの巫女のほうが、ずっと優雅な舞を見せた。

年格好は遥江と同じくらい。遥江のように現代ふうな顔立ちではなく、世間ずれしていない深窓のお嬢さまのようだった。長い睫毛《まつげ》と伏し目がちな表情、流行を無視した太い眉、そしてやや下ぶくれの顔立ちが、遥江以上に巫女の衣装に映えている。美人度だけなら遥江のほうが上なのだが、彼女のほうがどことなく神々《こうごう》しい。

（たぶんあっちは、本物の神社の娘だな……）

神楽殿の下に集まった人々は、おそらく同じことを考えたに違いない。

浩太郎としては、一度肌を重ねたことのある遥江の肩をもってやりたいが、舞が後半にいくにしたがってその実力差は誰の眼にも明らかになってしまった。とはいえ、ぎこちない遥江の舞も、それはそれで愛嬌《あいきょう》があるのだが……。

（しかし、巫女の衣装ってそそるよなあ……）

穢れのない白衣に身を包んでいても、その下の体はいにしえの巫女のように純潔ではなく、肉の悦びを存分に知っている。片方の女はともかく、遥江に関して言えば、営業前の銭湯で浩太郎に後ろから突きまくられ、砲弾状の乳房を揺らして獣のようによがり泣いたのである。

できることならもう一度……いや、二度でも三度でも抱きたいと思っていたその体を思いだすと、神聖な神楽舞を見ながらも勃起しそうになってしまった。

舞が終わった。

巫女姿の遥江が神楽殿から社務所に向かう途中で、浩太郎はさりげなく声をかけた。

「よう、久しぶり。巫女さんやってるなんて、びっくりしたよ」

「……なにが久しぶりよ」

遥江がキッと睨《にら》んでくる。

「意地悪ね。全然連絡くれなくて。わたし、あれからずっと待ってたのに」

「ええっ？」

浩太郎は首をひねった。

「連絡って……どこに連絡すればいいかわからないじゃないか？」

「携帯番号のメモ、部屋に残してきましたけど」

「メモだって……」

遥江が出ていったあとの部屋の状況を、必死に思いだした。だがあの日は、銭湯の営業開始を遅らせてしまうわ、そのことで菜々子を怒らせてしまうわで、そんなものを探している余裕はとてもなかった。

「ごめん。気がつかなかった……」

浩太郎は苦笑して頭をかいた。

「でも、連絡先のメモを置いていってくれたってことは、また会ってくれてもいいって思ってたわけ？」

遥江は悔しそうに頬をふくらませ、けれどもこくりとうなずいた。

「じゃ、じゃあさ……」

浩太郎は声をひそめて耳打ちした。

「今日これから会えないか？　俺、銭湯休みだから、暇なんだ」

「これから……」

遥江は大きな黒眼をくるりと一回転させ、

「わたし、夜まで巫女さんやらなきゃいけないんだけど……遅くてもいい？」

「いい、いい」

浩太郎が何度も首を振ると、遥江は瞳をじゅんと潤ませて、

「じゃあ、夜の十時にここで」

足元を指差した。

「ＯＫ」

浩太郎は満面の笑みでうなずき、社務所に戻る遥江の背中を見送った。女が残したメモを発見しそこねるという大チョンボも忘れて今夜のことに思いを馳《は》せると、全身が熱く高ぶっていても立ってもいられなくなった。

4

浩太郎は夜までの時間を、浅草の名画座で潰《つぶ》した。

やくざ映画の三本立てだ。着流しをぴたりと決めた若き日の菅原文太と、深紅の牡丹《ぼたん》のような色香を放つ藤純子が繰りひろげる任侠劇は迫力に満ちていたが、ストーリーはまったく頭に入ってこなかった。

なにしろこのあと数時間後には、遥江との逢瀬《おうせ》が控えているのだ。

遥江は再会を求めてメモを残してくれたらしいし、浩太郎の誘いを満更ではない顔で快諾してくれた。かなりの高確率で情事も期待できるだろう。

（あの子となら、刺激的なセックスフレンドって感じでお付き合いできそうだしな……）

真摯《しんし》な求愛を拒絶した菜々子に操を立てる必要はないし、たっぷりと精を吐きだせば煩《ぼん》悩《のう》も薄れ、雅美と間違いを起こすこともなくなりそうだ。まったく、グッドタイミングでいい人材と巡り会えたものである。

九時過ぎに映画館を出て、歩いて元の神社に戻った。

昼間は人出があった神社であるが、夜の闇のなかで静かに眠っていた。

鳥居をくぐって階段をのぼっていく。

照明の数が極端に少なく、足元がよく見えないので、浩太郎は何度も転びそうになった。どうやらこの小さな神社は、夜に参拝するところではないらしい。

社務所の窓からは灯りがもれていたが、そこを通りすぎ、再び石の階段をのぼって神楽殿に出ると、あたりは墨を流しこんだような真っ暗闇になった。眼下の町の灯りが遠くに見えるだけで、眼が慣れても自分の靴の色もわからない。

（ここまで来ることなかったのかな……入口のところでよかったのかも……でも、たしかに「ここで」って指差してたしなあ……）

浩太郎はブルゾンの襟を合わせ、暗闇で息をひそめた。

昼間、巫女たちが優雅な舞を踊っていたその建物も、いまは木戸がはめこまれて舞台を見ることはできない。

遥江はなかなか現われなかった。

約束の時間を十分すぎても二十分すぎても姿を見せず、階段をおりて社務所や鳥居のほうまで様子を見にいったが、そこにもまったく気配がない。

（まさか、からかわれたのか……）

夜の冷気に震えながら深い溜め息をついたとき、階段をのぼってくる人影が見えた。懐中電灯の灯りが、白衣と緋袴をぼんやりと照らしだす。

遥江だった。

どういうわけか、まだ巫女の格好をしている。

場所が場所だけに、暗闇に浮かびあがった巫女の姿は、昼間神楽殿で舞を見たときよりもずっと妖しく、あの世からの使いのようだ。

「ごめん、遅くなっちゃった」

遥江がやってきて両手を合わせる。急いで階段をのぼったせいで息が切れていた。

「いや、いいけど……どうしたんだよ、そんな格好で」

「うん、それはね……」

遥江は息を整えながらしゃべりだした。

「さっきわたしと一緒に舞をやった子いるでしょう?」

「ああ」

「あの子、この神社の宮司《ぐうじ》さんの娘で、大学のクラスメイトなの。最近仲よくなったんだけど、下町の神社に住んでるなんて素敵だから、しばらく居候《いそうろう》させてもらってるのよ」

「それで巫女も?」

「そうそう。その友達……綾香っていうんだけど、彼女が教えてくれて。今日がデビューだったの。どうだった？」

「えっ、いや……まああじゃないか」

浩太郎が言葉を濁すと、遥江は気持ちを察したらしく苦く笑い、

「まあ、自分でもトチりすぎたのはわかってるけどさ……」

「でも、その衣装はよく似合ってるよ」

「でしょ、でしょ。可愛いよね」

遥江は得意になってくるりとその場で一回転した。

「巫女さんの衣装って、わたしずっと憧《あこが》れてたから。それでいままで、綾香とふたりで写真撮りあってたってわけ」

「そ、そう……」

浩太郎は咳払《せきばら》いをひとつして、咎《とが》めるように言った。

「でも、なんで俺に会うのにそんな格好してくるんだよ」

これではせっかく再会できたのに、神社の外に連れだすことができない。寂しい懐からなんとかラブホテル代を捻出《ねんしゅつ》し、今夜は朝まで楽しむつもりだったのに。

「なんでって……」

遥江がアーモンド形の眼を細め、淫靡《いんび》な視線を送ってくる。

「番台さん、この格好好きじゃないの？」

「えっ……」

「どう？」

「そりゃあ好きだけど」

「やっぱり……」

遥江は満足げにうなずき、身を寄せてきた。巫女の衣装から、扇子に用いられる白檀《びゃくだん》のような匂いが漂ってくる。

「じゃあ、この格好でしようよ。この前の、つ・づ・き……」

「い、いや、でも……」

浩太郎は苦笑した。

「いくらなんでも寒すぎるだろ、ここじゃあ。風邪ひいちゃうぜ」

「なかに入ればいいじゃない？」

遥江は神楽殿を見上げて言った。

「まあ、ストーブなんてないから、寒いことは寒いでしょうけどね。ほら、鍵」

手にした鍵を見せて、悪戯《いたずら》っぽい笑みを浮かべる。

「い、いいのかよ……そんなことして……」

遥江のあまりの大胆さに、浩太郎はたじろいだ。

だがすぐに、巫女装束の彼女と神楽殿でまぐわう場面が脳裏に浮かんでくる。巫女の衣装だけでも激しい欲情をそそられるのに、そのうえ本物の神社のなかでいたしてしまうのだ。バチがあたりそうでちょっと怖いが、それ以上に、妖しい興奮に誘われる。タブーを破った秘密の情事に、たまらなく惹《ひ》きつけられてしまう。

「行きましょう」

遥江に腕を取られ、木の階段をのぼった。拝殿や社務所は比較的新しいが、神楽殿はかなり古い建物で、一段ごとに足元が軋《きし》む。

遥江が鍵を開け、木戸を引いてなかに入った。

真っ暗だった。

遥江の持っている懐中電灯がぼんやりと浮かびあがらせる縄飾りや掛け軸、彫刻の施された柱がいかにも厳《おごそ》かだ。さすがに神事に使われる場所だけあって、妖気のようなものが漂っているような気すらする。

「や、やっぱりやばいんじゃないか……」

浩太郎が震えあがってあたりの暗闇を見渡すと、

「大丈夫よ」

遥江が身を寄せて耳元でささやいた。

「神楽殿って、巫女が神様を慰めるところなんだから」

「いや、でも……俺は神様じゃないし……」

「ふふっ」

耳元に生温かい吐息を吹きかけられ、次の瞬間、下半身に衝撃が襲いかかってきた。遥江がジーパンの股間をつかんだのである。

「お、おい……」

「ふふふっ、この前はわたし、番台さんに一方的にもてあそばれちゃったからね……」

股間を、すりっ、すりっ、と撫でさすりながらささやく。

「今日はそのおかえし。絶対、今度するときはわたしがメロメロにしてあげようって思ってたんだ……」

「むっ……むむっ……」

浩太郎はのけぞって首に筋を立てた。遥江の手つきがあまりにいやらしいので、みるみる股間に血液が集まっていく。

「今日はわたしに任せてね、番台さん」

遥江が足元に正座し、床の上に蛍光灯を置く。カチャカチャと金属音を鳴らして、手早くベルトをはずしていく。ジーパンとブリーフが一緒に膝《ひざ》までずりおろされ、勃起しきった肉茎が軋みをあげて反り返っていく。

「……ああんっ」

薄闇に隆々とそそり勃《た》った男の欲望器官を見て、遥江は蕩《とろ》けるような表情になった。

「わたし、これが忘れられなかったんだから……」

神具を扱うような厳かな手つきで、ペニスの根元に指をからませてくる。

「この前は……どさくさに紛れてやられちゃったのに、すごく感じちゃった。この逞《たくま》しいオチ×チンのせいでね……」

白衣に緋袴、頭には金の冠までしているにもかかわらず、遥江は卑猥《ひわい》な言葉をささやき、上気した顔でまじまじと肉の竿《さお》を眺めてくる。ねっとりとからみついてくる視線の威力で、まだ軽く根元をしごかれているだけにもかかわらず、先端から熱い粘液が滲《にじ》んでしまう。

「こ、この前は銭湯で今度は神楽殿か……」

浩太郎は、早くも我慢汁を漏らしてしまったことを誤魔化すように苦笑した。

「俺たち、よっぽどおかしなところでエッチしちゃう運命なんだな……」

「ふふっ、そうね……」

遥江は妖しく微笑《ほほえ》んで、ピンク色の舌を差しだした。もう言葉はいらないとばかりに、亀頭の裏に舌を這わせてきた。

「むうっ……」

浩太郎はぐっと腰を反らせた。神楽殿と巫女という日常から離れた厳かなムードが、生温かい舌の感触で一気に溶解させられたようだった。

「うんんっ……ぅんんんっ……」

遥江は鼻奥から悩ましい声をもらしながら、ぺろり、ぺろり、と亀頭を舐《な》めまわしていく。床に転がった懐中電灯に照らしだされた男根が、みるみるうちに女の甘い唾液にまみれ、淫らな光沢を放ちだす。

「気持ちいい?」

遥江に上目遣いでささやかれ、

「ああ……」

浩太郎は鼻息も荒くうなずいた。

「なんか……すごい興奮するよ……」

「わたしも……」

遥江も息をはずませながらつぶやく。

「こんな場所に忍びこんで、巫女の格好でこんなことしてるなんて……お風呂のなかでしたときよりも、ずっといけないことしてるみたい」

言いおえると、唇を大胆なOの字にひろげ、亀頭を咥《くわ》えこんできた。

「んんっ……ぅんあっ……」

「むっ……むううっ……」

浩太郎は息をとめ、眼を見開いた。

薄闇のなかで遥江は亀頭を咥えこみ、上目遣いで浩太郎の顔をうかがいながら、ぬるりっ、ぬるりっ、と唇をスライドさせる。

時折ちゅうちゅうと先走り液を吸いたてながら、唇の内側でカリのくびれをこすりたててくる。亀頭を丁寧に舐めしゃぶりつつ、やがて根元のあたりまでずっぽりと口のなかに納めてしまった。

(す、すげえっ……すげえぞっ……)

亀頭が喉奥の狭まったところまで導かれ、きつく締めあげられた。二十歳《はたち》かそこいらの女子大生なのに、超絶的なテクニックだ。性格は生意気でも、喜悦を与えてくれた男根に対してはどこまでも献身的らしい。

「ぅんんっ……ぅんんんっ……」

遥江はさすがに苦しげに眉根を寄せ、瞳を潤ませて浩太郎を見上げてくる。その表情がまた、ぞくぞくするほど悩ましい。

「た、たまらないよ……」

浩太郎は身をよじりながら、遥江の頭を撫でた。額は金の冠に飾られ、黒く染め直した髪を白い檀紙で束ねている巫女の頭だ。

「ぅんんっ……ぅんぐぅううっ……」

遥江は欲情にねっとりと顔を蕩けさせ、ますます口腔奉仕にのめりこんでいく。唾液にまみれた男根を、じゅぼっ、じゅぼぼっ、と音を鳴らしてしゃぶりたて、ぷっくりと血管の浮かんだ肉竿に唇をすべらせる。淫らにスライドする唇で、カリ首の裏の性感帯をしたたかに刺激してくる。

（こ、こりゃあ、我慢できないぞ……）

浩太郎は両手で遥江の小さな頭をつかみ、がくがくと膝を震わせた。

神聖な場所で巫女さんにフェラチオされているというシチュエーションのせいか、いつもよりずいぶん早く射精欲が疼きだした。

普通なら、ここで女体への愛撫にチェンジするところだが、遥江のフェラチオがあまりにも気持ちがいいのでこのまま放出してしまいたくなった。一度出しても、まだまだ夜は長い。巫女装束に飾られた肢体をもてあそべば、分身だってそれほど時間を要せずに回復するだろう。

「な、なあ……」

浩太郎は真っ赤に茹《ゆ》だった顔で言った。

「こ、このまま……口で一回、出してもいいか？」

「うんぐっ……ぅんぐぐっ……」

遥江が男根を咥えこんだままうなずく。まるで神様を慰めている本物の巫女のように、愛《いと》おしげな表情で浩太郎を見つめてくる。

「よ、よーし、出すぞっ……」

全身を欲情に煮えたぎらせた浩太郎は、腰を使いはじめた。

両手で遥江の頭をつかんで狙いを定め、勃起しきった肉茎をずぼずぼと口から抜き差しする。カリ首にひっかかってくる唇の裏側の感触に痺《しび》れながら、フィニッシュのストロークを打ちこんでいく。

だが、そのとき――。

信じられないことが起こった。

ガタンッ、と木戸が開き、床に転がっているのとは別の懐中電灯が、淫らな行為に耽《ふけ》るふたりをまぶしく照らしだしたのである。

5

（う、嘘だろ……）

あともう五、六回もしごきたてれば会心の射精が遂げられるというところで、浩太郎は凍りついたように固まった。

足元に正座している遥江も同様だった。あまりに唐突に訪れた事態に、口唇にペニスを含んだ状態で動けなくなっている。

（な、なんでしっかり鍵を閉めとかないんだよ……）

浩太郎は胸底で遥江の迂闊《うかつ》さを呪ったが、いまはそんなことを言っている場合ではなかった。

まぶしさをこらえて、眼を凝らした。

懐中電灯でこちらを照らしている人物は、白衣に緋袴を着けていた。つまり、遥江と同じ巫女装束だ。

「い、いったい、なにをやっているの……」

震える声が耳に届く。若い女の声だった。それを聞いた遥江は、呪縛《じゅばく》を解かれたように口唇から勃起しきったペニスを吐きだした。

「あ、綾香……」

声も顔も気まずげにこわばらせて、遥江がつぶやく。どうやら先ほど聞いた、遥江の大学のクラスメイトにして、この神社の娘さんらしい。

「遥江ちゃん、部屋にいないから……どこに行ったのかって心配してたのよ……今日は朝までふたりで巫女の格好でおしゃべりしたかったのに……」

綾香がゆっくりと神楽殿のなかに入ってくる。

「まさか、こんなところで……こんなことしてるなんて……」

深窓のお嬢さまめいた顔が、悲痛に歪んでいく。神をも恐れぬ現場を目撃してしまった衝撃に、重たげな長い睫毛をふるふると震わせる。

（まずい……まずいよ……）

浩太郎は遥江と眼を見合わせた。神楽殿での情事を大胆に誘ってきた遥江も、さすがにショックを受けてるらしく、言葉が出ない。

「ねえ、遥江ちゃん……」

綾香が震える声で言う。

「その人、彼氏？」

「えっ……」

遥江は一瞬虚を突かれた顔をしたが、苦々しく唇を歪めて答えた。

「彼氏……ってわけじゃないけど……」

「そっかあ……彼氏じゃないいんだ……」

綾香はどういうわけか、胸を押さえて深い溜め息をついた。浩太郎には、まるで安堵の溜め息のように見えた。

「でも、それじゃあどうしてそういうことしてるわけ？　遥江ちゃんって、彼氏でもない人とエッチなことしちゃうような、そういう人だったの？」

「そ、それは……」

遥江はバツ悪げに言葉を継いだ。

「な、なんていうのかなあ……巫女さんの格好したことに舞いあがっちゃったっていうか……子供のころからこういう格好してる綾香にはわからないかもしれないけど……あんまり素敵で舞いあがっちゃったから、巫女の格好でエッチなことしたくなっちゃって……」

「つまり……」

綾香が訝《いぶか》しげに眉をひそめる。

「ちょっとした悪戯ってこと？」

「そうなの！」

遥江はここぞとばかりに大きくうなずいた。

「ちょっとした悪戯なのよ。悪気はなかったの」

「本当？」

「本当よ。嘘じゃない」

神楽殿に重苦しい沈黙が訪れた。

綾香は猜疑《さいぎ》心いっぱいの表情で、遥江をじっと見つめている。

遥江は瞳に涙を浮かべて、すがるように綾香を見返す。お願いだから父親の宮司さんには言わないで、と眼顔で訴えている。

「……わかった」

やがて綾香がうなずいた。

「悪戯だったら見逃してあげる。わたしも子供のころ、親に内緒でこっそりここで遊んでたことあるし」

「それじゃあ、宮司さんには……」

遥江が恐るおそる訊ねると、

「内緒にしといてあげる」

綾香はにっこりした笑顔で答えた。

浩太郎と遥江は、眼を見合わせてふうっと大きく息をついた。

ところが、綾香の笑顔はすぐに羞じらうような表情に変わり、遥江の顔色をうかがいながらささやいた。

「そのかわり……わたしも……わたしも、その……悪戯の仲間に入れてくれない？」

「はあ？」

遥江が大仰に声をひっくりかえす。

「な、仲間って……綾香、それどういう意味？」

「仲間は仲間よ。だって、ほら……」

綾香は恥ずかしげに顔をそむけながら、浩太郎の股間を指差した。アクシデントに見舞われたにもかかわらず、射精寸前まで追いこまれていたペニスはまだ隆々と勃起しきって、神楽殿の天井を鬼の形相で睨みつけている。

「そんな状態で途中でやめたら、可哀相じゃない？」

綾香はもじもじと身をよじりながら、横眼でペニスを見つめては頰を赤らめる。

浩太郎は遥江と眼を見合わせた。涙が出るほどやさしい気遣いではあるけれど、彼女は宮司の娘である。神聖な神楽殿で行なわれていた淫らな行為に参加したいとは、驚きを通り越して唖然《あぜん》としてしまう。

遥江が立ちあがり、浩太郎の耳に唇を寄せてきた。

「あの子、ちょっと天然だから……」

「天然?」

「普通じゃないところがあるのよ。だから、言うとおりにしといたほうがいいかもしれない。とにかく共犯になっちゃえば、告げ口はされないわけだし」

「う、うーん……」

浩太郎は遥江を見て、綾香を見た。綾香も仲間に入れるということは、巫女装束の女をふたり、相手にできるということだろうか。遥江は現代ふうの顔立ちに抜群のスタイル、綾香はいかにも深窓のお嬢さま。タイプの違うふたりを相手に、深夜の神楽殿で夢の3Pに溺《おぼ》れられるのか。

(ま、まさかそんな幸運が……)

考えただけで、眼が眩《くら》むほどの興奮が襲いかかってくる。勃起しきったペニスがさらにきつく反りかえり、先端から熱い粘液を噴きこぼしてしまう。

「ちょっと、やだあっ!」

遥江がわざとらしい声をあげて、浩太郎の足元にしゃがみこんだ。

「ねえ綾香、来て来て。綾香が仲間に入ること想像したら、こんなに我慢汁漏らしちゃったみたいよ」

遥江に手招きされ、綾香がおずおずと近づいてくる。遥江と並んで膝を揃え、浩太郎の股間を懐中電灯で照らしだす。長い睫毛を瞬《しばた》かせながら、反り返ったペニスをまじまじと見つめてくる。

（う、うおおおおおっ……）

浩太郎は胸底で絶叫した。

頭に金色の冠をつけた巫女装束の美女がふたり、おのが男根を息のかかる距離で眺めているのだ。

夢のような光景だった。

いや、夢でも見ることができないくらい、いやらしすぎる眺めである。

「ホント、すごいエッチ」

亀頭を濡らす粘液を見つめて、綾香がささやく。

「仲間に入るんだよね？」

遥江が訊ねると、綾香はこくりと顎《あご》を引いた。

「じゃあ一緒に舐めよう」

「うん」

うなずきあい、揃って唇を割りひろげる。ピンク色の二枚の舌が、左右から亀頭に襲いかかってくる。

「むううっ！」

浩太郎は声をあげて腰を反らせた。生温《なまぬる》い二枚の舌で、同時に亀頭を舐められた衝撃は、すさまじいものだった。遥江の舌はつるつるしていて、綾香のほうは濡れたヴェルヴェットのようにざらつきがある。舌腹を使ってねっとりと舐められると、その微妙な違いがたまらない快美感をもたらしてくる。

「気持ちいい？」

遥江が淫靡に微笑み、

「うわあっ、また出てきた」

綾香は亀頭の先の切れこみを指で触って、我慢汁の糸を引かせる。ツツーッと伸びた粘液の糸が、懐中電灯に照らされて金色に光り輝く。

「ふふっ、もっと漏らさせてあげる……うんあっ！」

遥江は再びピンク色の舌を差しだすと、それを淫らに躍らせて、亀頭をペロペロと舐めはじめた。

それを見た綾香が、負けじと舌を伸ばしてくる。はちきれんばかりに膨張しきった亀頭が、二枚の舌で両サイドから舐めまわされる。

（す、すげえっ……すげえっ……）

浩太郎は全身を小刻みに震わせながら、我が身に訪れた僥倖《ぎょうこう》に打ち震えた。

なにより、驚くべきは綾香である。

いくら性格が天然──ちょっとボケたところがあるらしいとはいえ、いきなり初対面の男のペニスを舐めてくるとは、尋常ではない。男に飢えているようには見えないから、遥江に置き去りにされたことがよほど悔しかったのだろうか。

だが、すぐにそんなことはどうでもよくなった。

まるで競いあうように、ふたりの巫女が舌の動きを大胆にしていったからだ。

遥江がねろり、ねろり、と亀頭の裏を舐めまわせば、綾香が舌を尖らせて、カリのくびれをちょろちょろと刺激してくる。

綾香が竿の根元を指でしごけば、遥江がふぐりを指であやしだす。

「うんぐっ……」

遥江が亀頭を咥えこむと、綾香はその顔に頬ずりし、自分にも舐めさせろとばかりに迫っていった。遥江が亀頭を口から出すと、遥江の唾液でねとねとに濡れているのもかまわず綾香は咥え、さも美味《おい》しそうに舐めしゃぶる。まるで亀頭が大きめの飴玉のように、ふたつの口を行き来する。

（た、たまらんっ……たまらないよ、これは……）

浩太郎は怒濤《どとう》の勢いで襲いかかってくる快美の嵐に全身を揺さぶられつつも、血走るまなこで垂涎《すいぜん》の光景をむさぼり眺めた。

6

ふたりがかりの舌攻撃は、瞬く間に浩太郎のペニスを唾液まみれにした。遥江も綾香も唾液の分泌が盛んなので、肉竿を伝った女の唾が、ふぐりの裏まで垂れてきている。

「な、なあ……」

浩太郎は激しく呼吸を乱しながら、ふたりの巫女の頭に手を伸ばした。

「お、俺もう……立ってられないよ……」

両膝をがくがくと震わせながら訴えると、

「じゃあ、横になって」

遥江は唾液に濡れ光る紅唇でささやいた。

「あ、ああ……」

浩太郎はひんやりした板の間に、仰向けで横たわった。神楽殿のなかは冷たい夜気に支配されていたけれど、興奮に全身が火照《ほて》っているので、むしろ心地いいくらいである。

「なんだか、興奮しちゃうね……」

綾香がピンク色に上気した顔で、遥江に言った。

「わたし、ふたりがかりで男の人に奉仕したのなんて、初めてよ」

「わたしだって初めてよ」

遥江が怒ったように唇を尖らせる。とはいえ、ふたりの呼吸はすでにぴったりと合っていた。まるで双子の猫のように揃って四つん這いになると、首を伸ばして再びちろちろと勃起しきった男の欲望器官を舐めはじめた。

「むむっ……むううっ……」

浩太郎はこみあげる快感にのけぞりながらも、両手をふたりのほうに差しだしていった。遥江も綾香も浩太郎にヒップを向けて四つん這いになったので、愛撫のお返しを目論《もくろ》んだのだ。

「うんっ……」

「あぁっ……」

緋袴に包まれた丸い尻丘に手のひらをあてると、ふたりは揃ってびくんっと背中を反らせた。一瞬、嫌がられるかと思ったが、そうはならなかった。遥江がさらなる刺激を求めるように尻を振りはじめると、綾香もそれに倣《なら》った。淫らがましくペニスを舐めしゃぶりつつも、尻の愛撫に敏感な反応を返してくる。

「むうっ……むううっ……」

浩太郎は鼻息も荒くふたりの尻を撫でまわした。糊《のり》の利いた緋袴越しに撫でまわすヒップは、たとえようもなく官能的だった。いくら触ってもパンティラインが見つからないのは、古式ゆかしい作法に則《のっと》って下着を着けていないせいだろう。

（丸みなら遥江だな……でも量感なら綾香だ……）

ふたつのヒップを撫で比べつつ、興奮に煮えたぎる頭で考えた。

この先に進んでもいいのだろうか？

果たして綾香は、浩太郎と遥江の「悪戯」を、どこまで想定しているのだろう？

口だけか？　それとも最後までか？

（ええーい、嫌がられたらそのときはそのときだ……）

二枚の舌に与えられるペニスへの刺激に突き動かされ、上向きにした手のひらを、緋袴の股間にすべりこませていく。

「ああんっ！」

「んううっ！」

ふたりの巫女たちは再び揃って声をあげ、四つん這いの肢体をよじらせた。

浩太郎は、すりっ、すりっ、と股間を撫でた。

袴の厚い生地越しだったけれど、たしかにその奥には女の急所があるようだ。遥江も綾香も、浩太郎の手指の動きに合わせて肢体をくねらせている。

「ああんっ、だめっ！」

遥江がひきつった声をあげた。

「そんなにしたら袴が汚れちゃうよ……」

「でもさあ……」

浩太郎はささやいた。

「俺だけ舐められるなんて不公平じゃないか。ふたりにも気持ちよくなってもらいたいんだよ」

ガバッと上体を起こすと、驚いたふたりも四つん這いをやめて膝立ちになった。浩太郎は左右にいるふたりの腰に手をまわした。袴には腰の両サイドに切れこみがあり、そこから手を突っこむことができる。

「ああっ、だめっ……」

「いやっ、いやっ……」

身をよじるふたりの腰を引き寄せ、袴のなかをまさぐっていく。白衣の裾《すそ》をまくり、生身の股間に手指を伸ばす。予想どおり下はノーパンだったので、あっという間にふっさりした若草をとらえることができた。

くにゃくにゃした柔肉は、そのすぐ下だ。

「あああーっ！」

「んんんーっ！」

ふたりの巫女が羞恥に歪んだ声をあげる。

「……ぬれぬれじゃないか」

浩太郎が低くつぶやくと、遥江と綾香は揃って顔をそむけた。自分たちでもわかっているのだろう、実際、たいへんな濡れ方だった。まだ花びらがぴったりと口を閉じているのに、滲みでた粘液の量がすごい。

「フェラしただけでこんなにぐっしょり濡らしてるなんて、おまえら……」

「し、しょうがないじゃないっ！」

遥江が顔をそむけたまま尖った声をあげる。

「こんなところで巫女さんの格好してエッチなことしてたら……興奮しちゃってもしょうがないわよ」

「じゃあ、脱げよ」

浩太郎は割れ目に沿ってツツーッと指を動かした。内側にたっぷりと蜜を孕《はら》んだ女の部分は、軽くなぞっただけで合わせ目がほつれ、なかから発情のエキスをあふれさせる。

「んんっ……あああっ……」

綾香がぎゅっと眼をつぶり、膝立ちの体をぶるぶると震わせた。

「ほーら、もっと気持ちよくしてやるから脱いじゃえよ。早くしないと、神聖な巫女さんの衣装、汚しちゃうぞ」

「ううっ……ううう……」

遥江は悔しげに美貌を歪ませつつ、両手を宙で泳がせた。腰ひもを解くべきか解かざるべきか逡巡《しゅんじゅん》しているのだ。額を飾った半月状の金冠と、戸惑いきった表情のハーモニーが、どこまでも悩ましい。

「ごめん、綾香……」

遥江は両手で腰ひもを解きだした。

「わ、わたし……もう我慢できない……」

腰ひもが解かれ、緋袴が膝までおろされる。下に着ている白衣は着物のように丈が長く、いきなり下半身が丸出しにはならなかったが、女の秘所はもはや風前の灯火《ともしび》である。

「前をまくるんだ」

浩太郎が低くささやくと、遥江は操り人形のようなぎこちなさで白衣の裾をたくしあげ、むっちりした太腿と股間の翳《かげ》りを露わにした。

(う、うおおおおおーっ!)

浩太郎は眼を見開き、胸底で絶叫した。

神楽殿に照明はなかったが、床に転がった二本の懐中電灯の光でぼんやりと視界が保たれている。巫女の衣装から獣じみた部分だけを露出した若牝の姿が、淫靡な間接照明にライトアップされた。

「ほら、きみも脱いじゃいなさい」

今度は綾香に向かってささやいた。

「自分だけ恥ずかしいところを隠してたら、仲間に入ったことにならないぞ」

宮司の娘に対してイチかバチかの強気な態度だったが、

「ううっ……」

綾香は羞じらいに唇をわななかせながら、緋袴の腰ひもを解きだした。解きながら、剝きだしになった遥江の下肢をちらちら見ていた。仲間はずれになることが、よほど苦手な性分のようだ。

「あああっ……」

綾香はあえぎながら緋袴をおろし、白衣をたくしあげた。上品なお嬢さまフェイスに似合わないほど黒々とした逆三角形の草むらが、懐中電灯に照らしだされる。

「よーし、いいぞ」

浩太郎はごくりと生唾を呑みこみ、左右の手をふたりの巫女に伸ばした。手のひらを上に向け、前から両脚の間に忍びこませていく。遥江の花びらは肉厚で、綾香のほうは薄くて大きめ、という違いはあったものの、ふたりとも同じくらいに濡れていた。中指を尺取り虫のようにいやらしく動かしていじってやると、

「あううっ……あああああっ……」

「ああんっ……はぁああっ……」

淫らがましい声とともに、猫がミルクを舐めるような、ぴちゃぴちゃという肉ずれ音が響き渡った。と同時に、湿気を孕んだ発情臭がむんむんとたちのぼってくる。

（すげえ感じてるな……）

浩太郎は興奮に身震いしながら、ふたりの巫女のひめやかな匂いを胸いっぱいに吸いこんだ。それから、ふたつの女陰の花びらをめくり、中指をずぼずぼと割れ目に沈めこんでいく。妖しいほどに熱くたぎり、ぬるぬるした女の壺《つぼ》を、したたかに掻《か》きまわしてやる。

「くっ、くぅううううーっ！」

「はぁあああああああーっ！」

遥江と綾香は膝立ちの体をしきりに揺らして、下から突きあげてくる愉悦に打ち震えた。羞じらいに顔をこわばらせつつも、じわじわと両脚を開き、指の刺激を呼びこむような体勢をつくっていく。

「あああっ……」

やがてバランスを崩した遥江が、すがりつくように勃起しきったペニスをつかんだ。熱い脈動を刻む男根の根元をぎゅっと握りしめ、したたかにこすりたててきた。

「むううっ……むううっ！」

浩太郎がのけぞると、今度は綾香まで手を伸ばしてきた。唾液で濡れまみれた亀頭を手のひらで包み、ねちっこくさすりまわしてくる。

たまらなかった。

遥江と綾香、違うリズムで訪れる愛撫に分身は限界を超えて膨張し、ひっきりなしに我慢汁が滲みだす。時折、痺れるようなすさまじい快美感が体の芯《しん》を走り抜け、気が遠くなりかける。

「も、もう我慢できないよ……」

浩太郎はふたりの股間から指を抜き、肩で息をした。遥江と綾香は揃って顔を生々しい朱色に上気させ、欲情に潤みきった瞳で見つめてきた。口には出さずとも、わたしと先に繋《つな》がってという心の声が聞こえてくるようだ。

「四つん這いになるんだ……」

ふたりをうながし、左右に並べて尻を突きださせた。白衣をまくりあげて丸いヒップが露わになると、濡れた桃割れが剝きだしになった。どちらも懐中電灯の間接照明を浴びて、ねとねとに濡れ光っている。膝のあたりにまとわりついている緋袴が、たとえようもなくいやらしい。

まずは遥江のほうに腰を寄せた。

最初に彼女と始めたのだから、その順番が妥当だろう。

いきり勃つ男根を女の割れ目にあてがっていくと、

「んんんっ……」

遥江は小さく声をもらして、四つん這いの肢体をこわばらせた。自分が先に挿入されるのだという緊張感がありありと伝わってきた。だがそれ以上に、亀頭と密着した女肉からは期待感が伝わってくる。早く挿《い》れてほしいとばかりに亀頭にぴったりと吸いついて、ひくくっ、ひくくっ、と息づいている。

「い、いくぞ……」

浩太郎は息を呑み、腰を前に送りだした。

割れ目にずぶりと亀頭を沈め、ぬれぬれに濡れた女の壺に挿《はい》っていく。熱く息づく肉ひだが、挿入を歓迎するように妖しくざわめき、カリのくびれにからみついてくる。

「んんんっ……あああああーっ！」

ずんっ、と子宮を突きあげると、遥江は甲高《かんだか》い悲鳴をあげて腰を反らせた。

その腰を両手でつかみ、浩太郎も腰を反らせる。

深々と結合できた悦びに、全身の血が沸騰していくようだ。

（んっ……）

神楽殿で巫女さんとのまぐわい、それだけでもたまらないのに、いまはさらにもうひとつ、興奮を煽《あお》りたてるシチュエーションがあった。綾香が首を後ろにひねり、遥江との情交の様子をうかがってきたのだ。浩太郎はもちろん、男女のまぐわいというひめやかな行為を、人前で行なったことなどない。

「むっ……むううっ……」

綾香の視線を意識すると、身の底からエネルギーがこみあげてきた。いても立ってもいられなくなり、抽送を開始する。よく濡れた遥江の蜜壺は、いきなり抜き差しを始めたにもかかわらず、ずちゅっ、ぐちゅっ、と卑猥な肉ずれ音をたてて、怒濤のピストン運動を受けとめてくれた。

「はぁあああっ……はぁあああっ……はぁううううーっ！」

ストロークのピッチがあがっていくほどに、遥江の悲鳴が甲高くなっていく。薄闇の神楽殿に迸《ほとばし》る嬌声《きょうせい》が反響し、神聖なはずの空間がみるみる淫ら色に染まっていく。

「ああっ、いいっ！　いいっ！」

遥江がちぎれんばかりに首を振り、金色の冠を落としてしまう。

「くるっ……奥までくるっ……そんなにしたらおかしくなっちゃうよおおおーっ！」

パンパンッ、パンパンッ、と音をたてて尻を突きあげると、言葉は悲鳴に呑みこまれ、遥江は手放しでよがりはじめた。

浩太郎は両手を伸ばし、白衣の上から豊満な乳房をすくった。白衣の生地は厚かったけれど、ブラジャーをしていないらしく肉の柔らかみは充分に伝わってくる。

夢中で揉みしだいた。

揉みしだいては腰を振り、獣のように身をよじりあう。

「ねえ、ずるいっ……」

綾香が恨みがましく声をあげる。

「遥江ちゃんばっかりしないで、わたしにもちょうだい……」

「あ、ああ……」

腕を引っ張られ、浩太郎は仕方なく遥江との結合をほどいた。たしかにふたりに尻を突きださせておいて、遥江とばかり繋がっていては不公平だ。

（し、しかしたまらんぜ……）

遥江の花蜜でぬるぬるになった分身を綾香の秘所にあてがいながら、浩太郎は我が身の幸運を噛みしめた。これはいわゆる、鶯《うぐいす》の谷渡りというやつだろう。鶯が枝から枝に飛び移るように女の体を渡り歩くなど、時の権力者や大富豪でもなければできないものだとばかり思っていた。

「あっ、あぁうううぅーっ！」

ずぶずぶと蜜壺を穿《うが》ってやると、綾香はのけぞって獣じみた悲鳴をあげた。待たされたぶんだけ、欲情が高まっていたのだろう。分身を根元まで押しこむと、ぬかるみきった肉のひだが、歓喜を伝えるようにざわめき、いっせいに吸いついてきた。

（遥江のほうも締まったけど、綾香もまた……）

勝るとも劣らない道具の持ち主だった。しかも、おとなしそうな容姿をしているくせに、感度もいいらしい。挿入を果たすとすぐにみずから尻を振りたて、硬く勃起した男根を女の割れ目でしゃぶりたててきた。

「ねえ、気持ちいい？」

遥江が綾香の耳元でささやくと、

「き、気持ちいいようっ……」

綾香は身をよじりながら答えた。

「ふふっ、これでわたしたち、姉妹だね。同じオチ×チンで気持ちよくなったんだから」

「やあんっ、変なこと言わないでっ……」

言いながらも、尻の動きはとまらない。早く突いてとばかりに腰をグラインドさせ、深く咥えこんだ男根をぎゅうぎゅうと締めあげてくる。

「よーし……」

浩太郎は綾香の腰を両手でつかみ、勢いよく抽送を開始した。

そこから先はめちゃくちゃだった。

並んで突きだされた若尻を交互に突きあげては、正常位、座位、騎乗位と、様々な体位を試していった。遥江も綾香も羞恥心を捨て、欲望の化身となった。やがて浩太郎が煮えたぎる男の精をしぶかせるまで、気がつけば全員裸になって、神をも恐れぬ悦楽の境地に溺れきっていたのだった。

第五章　鉄火肌の娘

1

『花の湯』の番台に座った浩太郎は呆然《ぼうぜん》としていた。

時刻は午後十一時、銭湯がもっともにぎわう時間で、女湯には二、三十代の客の姿もちらほらあったが、まったく興味をそそられない。

昼間会った遥江に、衝撃的な話をされたせいだ。

深夜の神楽《かぐら》殿に忍びこみ、綾香を含めた三人でまぐわってから、五日が過ぎていた。

この五日間、浩太郎は悶々とした日々を過ごした。

生まれて初めて体験した3Pの感動はすさまじく、寝ても覚めてもそのことばかりを考えていた。思いだしてはにやにやし、次はいつできるだろうかと胸をざわめかせた。別れ際にメールアドレスを交換した遥江には、一日に何度もメールを送りつけた。

「今度はいつ会える？」「この前のことが忘れられないよ」「綾香と一緒に『花の湯』に来いよ。前みたいに営業前に風呂入ろうぜ」……。

だが、遥江からの返事は曖昧《あいまい》に言葉を濁すものばかりで、逢瀬《おうせ》の約束がとりつけられない。思いあまった浩太郎は、今日の午後、仕事が始まる前に神社まで出かけていって、半ば強引に遥江と面会したのだ。

「……ごめんなさい」

会うなり遥江は、顔の前で両手を合わせた。

「わたし、番台さんとはもう会えない」

「ど、どうして？」

浩太郎は頬をひきつらせた。元より惚《ほ》れた腫《は》れたの関係ではなく、ただのセックスフレンドのつもりだったけれど、いきなりそんなことを言われるとは思わなかった。

「恋人ができたのよ」

遥江は気まずげに答えた。

「そ、そうか……」

浩太郎は苦笑するしかなかった。たしかに恋人ができてしまったなら、淫らな３Ｐにうつつを抜かしていることはできないだろう。

「でも意外だな。きみはもっと奔放なタイプだと思ってたけど」

「わたしもそう思ってた」

遥江は照れたように笑い、

「まあ、恋人っていっても、相手は綾香なんだけど……」

「はあ？」

浩太郎はのけぞった。

「綾香って……きみ、そっちの気もあったわけ？」

奔放は奔放でも、レズビアンとは奔放すぎる。

「まさか、全然。でも、綾香は最初からそのつもりだったみたいで……ほら、番台さんと神楽殿で三人でしたとき、あの子自分から仲間に入れてなんて言ったじゃない？」

「ああ」

「天然に見えてあの子、しっかり計算してたみたい。あれはたぶん、伏線だったのよ。わたしを落とすための」

「お、落とされちゃったのか？」

遥江は苦笑しながらうなずき、

「あの夜、番台さんが帰ってからわたしたち綾香のお部屋で飲んだのね。そうしたら綾香が『わたし、前から遥江ちゃんのこと好きだった』とか言いだして……『遥江ちゃんが一緒だったから知らない男とやっちゃったんだから』ってキスされて……気がつけば服脱がされておっぱい揉まれてた……」

体の芯《しん》に3Pの余韻が残っていた遥江は、どうせ男としてるところまで見られたんだから一回くらい付き合ってもいいかと思い、なすがままになってしまったという。

「そしたらね……あの子すごいのよ。よく女同士のほうが気持ちのいいところがわかるなんていうけど、おとなしそうな顔して手も舌も死ぬほどエッチで、わたし、朝まで十回以上いかされちゃった……」

かくして綾香の性技の虜《とりこ》になった遥江は、綾香と付き合っている間はもう男とは寝ないと固い約束をさせられてしまったらしい。

「でも、逆によかったわよ」

遥江は明るく言った。

「綾香に下心がなければ神楽殿でフェラしてるの見つかったとき、宮司《ぐうじ》さんに告げ口されて大変なことになってたかもしれないし、番台さんだって巫女《みこ》ふたりと3Pできたわけだし、結果オーライじゃない？」

なにが結果オーライだと浩太郎は思ったけれど、文句を言っても自分がみじめになるだけのような気がして、すごすごと退散するしかなかった。

せっかく絶好の煩悩《ぼんのう》の捌《は》け口が見つかったと思っていたのに、やはり世の中にうまい話はそうそう転がっていないということか。巫女と3Pができただけでもラッキーなことなのだから、それで我慢しろという神様の思《おぼ》し召しか。

だが、いまの浩太郎には、煩悩の捌け口がどうしても必要なのだった。

この五日間、悶々とした毎日を送っていた理由は、神楽殿での記憶を反芻《はんすう》していることとは別に、もうひとつあったのだ。

「ねえねえ、番台さん」

女湯の客が話しかけてきた。近所の総菜屋のおばさんで、「おせっかい」というキャラクターを絵に描いたような人だ。

「あんた、本当のところどうなんだい？」

「なんですか、藪《やぶ》から棒に」

「またあ、しらばっくれちゃって」

おばさんは意味ありげに笑い、

「近所じゃもう、あんたと村田組の娘の噂《うわさ》でもちきりだよ。ずいぶん惚れこまれたみたいじゃないか」

「おかしな噂を流すのはやめてください。いったいなにを根拠に……」

「だってあの子、ここのところ毎日『花の湯』に来てるじゃないか」

「おばさんだって毎日来てるでしょ」

「あたしゃあ向かいに住んでんだよ。でもあの子は浅草からだろ。歩いたら三十分以上かかるじゃないか」

つんつんと指で腕を突つかれる。

「し、知りませんよ。よっぽどこの銭湯が気に入ったんでしょ」

「だ・か・ら、気に入ったのは銭湯じゃなくて……」

そのとき、女湯の扉が開いて、袢纏《はんてん》に黒いダボシャツの女が入ってきた。

雅美である。

「むふふっ、じゃあね」

おばさんが淫靡《いんび》な含み笑いを残して去っていく。

「ありがとうございました」

浩太郎はその背中にふて腐れた声をかけ、

「いらっしゃいませ」

雅美には努めて冷静な声で言った。心臓がおかしいくらいに高鳴って、とても眼を見て言うことはできない。

総菜屋のおばさんが言っていたとおり、ここのところ雅美は毎日『花の湯』に通ってきていた。銭湯の前に屋台を出すのは週末だけなのに、平日でもマイ桶《おけ》を持って浅草からひとりで風呂に入りにきているのだ。

「相変わらず愛想がないねえ」

雅美は吐き捨てるように言いながら、番台のカウンターに小銭を置いた。

「まあ、銭湯の番台が妙に愛想いいってのも、気持ち悪いけどさあ」

カラカラと笑いながら籐の籠を取ると、額に巻いた豆絞りのねじり鉢巻きをはずし、袢纏を脱いだ。

雅美の登場により、女湯の脱衣所の空気は明らかに変化した。ある者は好奇心たっぷりに雅美を盗み見し、ある者たちはひそひそと耳打ちしあっている。

総菜屋のおばさんが言っていた噂のせいだろう。

誰が流したのかは知らないが、なんでも村田組のひとり娘が『花の湯』の番台にひと目惚れし、毎日銭湯に通いつめているということになっているらしい。

雅美が胸に巻かれたさらしを取り、丸々と実った乳房を露《あら》わにした。

（まったく……何度見てもいいおっぱいだな……）

浩太郎は横眼で見ながらまわりにバレないように生唾を呑みくだした。入ってきたときの気っ風《きっぷ》のいい態度とは裏腹に、素肌を見せるとひどく恥ずかしそうな顔をするところも、たまらなくそそる。全裸になると、前をタオルで隠して逃げるように浴室に入っていった。豊満な乳房とは逆に引き締まった小さな尻も、ぷりぷりしていて美味《おい》しそうだ。

「ほーらね」

総菜屋のおばさんがにんまり笑って、浩太郎を見てくる。

「テキ屋の娘が眼の下赤く染めちゃって、あれは恋する乙女の顔だよ」

「……帰ったんじゃなかったんですか？」

浩太郎は深い溜め息をついた。言われるまでもなく、雅美の態度は見るからにおかしかった。毎日服を脱ぐ位置が、じりじりと番台の方に寄ってきているのも気にかかる。

「テキ屋の娘ったって、あれだけの器量だからねえ。あんただって満更でもないんじゃないのかい？　ほれ、どうなんだよ？」

おばさんに指摘されるまでもなく、ここまでされればどんな男だって意識してしまうに決まっている。

（本当にどういうつもりなんだろう……）

おばさんがようやく本当に帰ってくれると、視線は自然と女湯の洗い場に向かった。湯を浴びて艶《なま》めかしく上気した雅美の裸身に、股間を硬くしてしまう。ずきずきと熱く脈打つ分身が、妄想の翼をはばたかせる。

（彼女は口が悪いから、毎日風呂に来て裸を見せるっていうのが、精いっぱいの愛の告白なのかもしれないな……）

だとすれば、それに応えなければ男ではない。セックスフレンドはいなくなってしまったし、菜々子は相変わらず冷たいし、いっそ捨て身の覚悟で雅美を抱いてしまおうか。

やくざといっても、テキ屋の仕事は拳銃の撃ちあいではなく、縁日で焼きそばやりんご飴《あめ》を売ることだ。世間に対して後ろめたいことはなにもないのだ。

2

「浩太郎くーん、ごはんできたよ」

部屋の外から菜々子に声をかけられ、浩太郎は眼を覚ました。朝食の時間だった。ぬくぬくした布団から這いだし、寝ぼけまなこで服を着け、母屋に向かった。

（あれ……）

ちゃぶ台に並んだふたりぶんのおかずを見て、内心で驚く。最近の菜々子は、浩太郎を警戒するあまり、食事を先にすませたり、後で食べると言ってみたり、一緒の席に着くことを遠まわしに拒んでいたのだ。

ごはんと味噌汁をよそい、席についた菜々子からは普段と違う緊張感が漂ってきた。

息を呑んだり、視線を泳がせたり、なにやら話があるような雰囲気である。

しかし、切りだしてこないまま「いただきます」と箸《はし》を持って食事を始めた。焼き魚に煮物に漬け物、いつもどおりの献立を黙々と口に運んでいく。

「……なあ」

浩太郎は沈黙が耐えられなくなって声をあげた。

「なんか俺に話があるんだろ？」

「えっ……」

菜々子の顔がひきつる。

「べつに……なにもないけど……」

「嘘つけ。そんな仏頂面されてたんじゃ、せっかくの旨《うま》い飯がまずくなるよ。言いたいことがあるなら、はっきり言えよ」

「だからべつに……」

菜々子は唇を嚙んでうつむいた。しばらく動かなかったが、やがて頰がふくらみだした。ふうっとひとつ息を吐くと、箸をちゃぶ台に置いて浩太郎を見た。

「じゃあ、言わせてもらうけど……」

「ああ」

浩太郎は緊張の面持ちでうなずいた。この家から出ていってくれと言われたらどうしようかと、動悸が乱れていく。

「あの人は……やめておいたほうがいいと思う……」

気まずげな上目遣いで、菜々子は言った。

「あの人？」

浩太郎が首をひねると、

「やくざの娘よ」

菜々子は声をこわばらせた。

「浩太郎くん、やくざの娘に見初《みそ》められて強引なアプローチ受けてるんでしょ。でも、絶対にやめたほうがいい。あの人ちょっと美人だけど、やくざはやくざなんだから……」

「いや、その……」

浩太郎は苦笑した。

「誰がそんなこと言ってるの？」

「町中で噂になってるわよ。毎日浅草から『花の湯』に通ってきて、番台に座ってる浩太郎くんに裸を見せつけてるって……」

「……まいったな」

浩太郎は溜め息をついて頭をかいた。

「そりゃ、完全に誤解だよ。たしかに彼女は最近毎日通ってきてるけど、広い銭湯が気に入ったからじゃないのかあ。裸を見せつけてくるっていったって、風呂屋なんだから服を脱ぐのは当然だし……そもそも俺、彼女とはろくに話したこともないんだぜ……」

言いながら、どんどん動悸が乱れていく。雅美の件について後ろめたいことがあったからではない。菜々子の気まずげな表情から、ジェラシーを感じとったからだ。本人はひた隠しにしているつもりでも、隠しきれないほど強い嫉妬《しっと》が伝わってきた。

「だいたいさあ……」

浩太郎はハッと大げさに笑った。

「噂は噂だよ。この町の人たちって、ホント噂が好きだよな。総菜屋のおばさんとか」

「まあ、そうだけど……」

思いあたる節があるようで、菜々子はうなずいたが、

「でも、噂だけじゃなくて、あの人の眼、なんだか浩太郎くんをずいぶん意識してるふうに見えた……」

「へっ？　いつ見えたの？」

銭湯の営業中、菜々子はボイラー室の管理をしているので、客と顔を合わせることなどないはずである。

「そ、それは……」

菜々子はしまったというふうに顔をそむけた。

「たまたまなんだけど……たまたま昨日、あの人がお風呂に来たところ、ボイラー室から見てたから……」

たまたまなどであるはずがなかった。噂が気になった菜々子は、ボイラー室ののぞき窓から何度も様子をうかがっていたに違いない。

浩太郎はますます嬉しくなり、まぶしげに眼を細めて菜々子を見た。

「ははっ、心配するなって。俺はああいう男まさりのタイプって苦手だから。もし言い寄ってこられても、きっぱり断ってやるさ」

「でも……」

菜々子はしつこく食いさがった。

「あの人ひとり娘らしいし、結婚すればテキ屋を継げるなんて言われたら、浩太郎くんふらふらついていっちゃいそうだと思って……」

「馬鹿言え」

浩太郎はムキになって答えた。

「そりゃあ、俺は失業者だよ。お風呂屋の居候《いそうろう》だよ。一家の長として迎え入れるって言われたら、ぐらっとしちゃうかもしれないけど、でもなあ……」

「よくないよ、やくざは」

「そうだよなあ……」

浩太郎は苦笑してうなずき、

「あの人たちだって、それほど悪い人じゃないんだよ。実際、仕事はちゃんとしてくれるし、『花の湯』の客だって増えたわけだし。でも、さすがに身内になるのはなあ……」

「よかった……」

菜々子は胸を押さえて安堵の笑みを浮かべた。

「わたし、浩太郎くんがやくざの親分になったらどうしようって、けっこう心配してたんだから」

「馬鹿だなあ」

浩太郎は笑い、

「俺はどっちかっていうと、テキ屋一家よりも、風呂屋を継ぎたいんだぜ」

「……えっ？」

菜々子の笑顔が固まった。

「あ、いや……」

つい口を滑らせてしまった浩太郎の顔も、固まった。きつくこわばった顔が、みるみる熱くなっていく。鏡を見なくとも、真っ赤になっていることがわかった。

「へ、変なこと言わないで」

菜々子がわざとらしい大声で言う。その顔も真っ赤になっている。

「ご、ごめん……冗談だよ」

浩太郎は苦笑して誤魔化した。

「やめてよ、もう。びっくりしちゃうじゃない。さあさあ、早くごはん食べちゃいましょう。冷めちゃうよ」

お互いに紅潮した顔をうつむけて、箸を取った。気まずい沈黙が支配するなか、黙々と口を動かして、味のわからなくなった食事を続けた。

3

『花の湯』の近くにある商店街は昔ながらの店構えが多く、昭和の時代にタイムスリップしてしまったかのような雰囲気であるが、なかに小さな金券ショップがあった。デパートの商品券や、飛行機や新幹線のチケットをディスカウント価格で売っている店だ。

朝食を終えた浩太郎はそこに出向き、ガラス張りの棚に並べられたロードショーのチケットを物色した。

もちろん、菜々子を誘うためである。

朝食の席に流れていた空気は、明らかにいままでとは違うものだった。情交未遂事件以来、頑《かたく》なに張りめぐらされていたバリアが溶解しかけているのだ。ここでこちらからもうひと押ししてやれば、気持ちの風向きが変わってくれるに違いない。

（この前はいきなり押し倒したりしたから失敗したんだ……ああいうタイプは焦っちゃだめなんだよ。まずは映画でも観て帰りに食事をして、気持ちをほぐしてやってだな……あいつ、ここのところ仕事と親父さんの看病ばっかりだったろうから、外に連れだしてやれば喜ぶぞ……）

雅美に嫉妬していることからもわかるとおり、菜々子が浩太郎を意識していることは間違いないのだ。よくよく考えてみれば、情事が未遂に終わって以来の、わざとらしいほど距離を置こうとする態度からして、複雑な女心の表われだったのかもしれない。本当に浩太郎のことが嫌いなら、家から追いだせばすむだけの話なのだ。

（それにしても雅美のやつ、いい具合に当て馬になってくれたよな。彼女の存在があったからこそ、菜々子も妬《や》いてくれたわけだし……）

棚に飾られたチケットを眺めながら、ラブストーリーがいいか、それは露骨すぎるから冒険アクションにしようかと逡巡していると、携帯電話が鳴った。

アドレス帳にない番号だった。

怪訝《けげん》に思いながら出てみると、凛《りん》とした女の声が返ってきた。

「俺だけど……」

女のくせに自分を「俺」という人物を、浩太郎はひとりしか知らない。

「ま、雅美さん？」

心臓がキューッと縮んでいく。

「よくわかったな」

電話の向こうで雅美は笑った。

「俺の声、覚えててくれたのかい？」

「ど、どうしてこの番号を……」

「親父に聞いたんだ」

「あ、ああ、そう……」

たしかに村田の親分には番号を教えたが、いきなり雅美から電話がかかってくるとは思ってもみなかった。

「いま時間ある？」

雅美が淡々と訊ねてくる。

「え、ええ、まあ……」

「ちょっと話があるんだけど、出てこれないかな？」

「仕事の話ですか？」

「実は俺、明日から急に旅に出なくちゃならなくなってさ。北関東方面に二週間。もちろん、週末は若い衆に行かせるけど、俺は行けなくなっちゃったから、その前に直接会って話がしたいんだ」

「そ、そうですか……」

微妙な返答だった。仕事の話なのかという問に対し、否定も肯定もしない。だが、妙に

勘ぐってしまうのも失礼かもしれないと思い直し、

「わかりました。どこに行けばいいですか？」

雅美は西新宿にある高層ホテルのティールームを指定してきた。

てっきり浅草あたりに呼びだされるものだと思っていたので、意外だった。東東京の下町からは、電車を乗り継いでけっこうかかるだろう。

とはいえ、まだ午前中である。『花の湯』には営業前に戻ればいいので、浩太郎は了解して電話を切った。


（うわっ、すげえ……）

天空にそびえたつ西新宿の高層ビル群を仰ぎ見ながら、浩太郎は自分がお上りさんであることをつくづく思い知らされた。下町で暮らしているとそれほど意識しないけれど、田舎から東京に出てきて、まだひと月ちょっとなのである。

何度も道を訊ねながら、指定のホテルに辿《たど》り着いた。

ティールームは、一階にある吹き抜けのロビーに隣接していた。なるべくきょろきょろしないように注意しながら入っていったが、雅美らしき人物は見あたらない。まだ来ていないかと、空いた席に着こうとすると、

「……なんで前を素通りしていくんだよ」

低くつぶやく声が聞こえ、振り返った。黄八丈というのだろうか。黄色地に縞《しま》模様の入った着物に、黒い帯をきりりと締めた和服美人が座っていた。おしゃれに垢抜《あかぬ》けた店内で、そこだけきりりっと引き締まった空気が流れている。

「ま、雅美さん？」

浩太郎は苦笑しながら首をひねった。髪も女らしいアップに結っているから気づかなかったけれど、たしかにそこにはテキ屋一家「関東村田組」のひとり娘が座っていた。

「座んなよ」

雅美が眼顔で向かいの席にうながしてくる。勇ましく袢纏を羽織っているときと装いはだいぶ違ったが、口のきき方と眼光の鋭さはいつもどおりだ。

「はあ……」

浩太郎はおずおずと椅子に腰かけ、あらためて雅美を眺めて息を呑んだ。掛け値なしに綺麗だった。まるで往年の任俠映画に出てくる藤純子だ。

（ちゃんとした格好すると、ふるいつきたくなるような美人だな……）

同じように髪をアップに結っていても、額に豆絞りのねじり鉢巻きはなく、横に流した前髪がカラスの濡れ羽色に輝いている。メイクもいつもよりずっと控えめだが、もともと顔立ちが整っているので、凜とした色香がまぶしい。

「悪いね、突然こんなところに呼びだして」

雅美は顔をそむけ、悪態をつくようにつぶやいた。

「いや、大丈夫です……それより、ずいぶん素敵な着物ですね。見違えちゃいましたよ」

浩太郎が言うと、

「そ、そう……」

雅美は相変わらず顔をそむけたまま、けれども頰を赤く染めた。照れてしまった自分に苛立《いらだ》ったように、細い指先でテーブルをとんとんと叩く。

「あ、あの、それで……」

浩太郎はうかがうように言った。

「話ってなんですか？　直接会って話したいなんて」

「えっ……ああっ……うん……」

雅美の横顔がますます赤く染まっていく。

これは色恋がらみの呼びだしに違いないと、鈍い浩太郎でも思わざるを得なかった。高そうな着物を着ているところといい、高級ホテルのティールームを指定してくるところといい、そのくせ妙に態度は照れていて、煮えきらない。

(まいったな、どうしよう……)

いくら意識されていることに気づいていたとはいえ、こんなふうに露骨なアプローチを受けるとは夢にも思っていなかった。真顔で告白されたりしたら、いったいどう対応すればいいのだろうか。

「なんかさあ……」

雅美がテーブルをとんとん叩きながら言う。

「なんかここ、落ち着かないね？」

「そ、そうですか？」

浩太郎はあたりを見渡した。まだランチには少し早いので、広々とした店内には客よりウエイターのほうが目立った。都心のホテルにしては静かなほうではないだろうか。

「うん、落ち着かない。吹き抜けの天井っていうのがまずかったのかもしれない。まったく、下町の人間が見栄張ってこんなホテルに来るもんじゃないな」

雅美は怒ったような口調で言い、

「まあ、いいじゃないですか。話を進めましょうよ……」

浩太郎がたしなめても、

「いや、こんな落ち着かないところじゃ話なんかできない。場所変えよう。な。とにかく吹き抜けはだめだ、それにここは広すぎる……」

席を立ち、伝票を持ってそそくさとチェックカウンターに向かっていった。

(こりゃあ、いよいよまずいかも……)

浩太郎と雅美は、高層階にあがっていくエレベーターのなかにいた。

もっと静かなところで話がしたいと主張する雅美はなんと、階上の個室をとってしまったのである。尻込みする浩太郎をエレベーターに押しこみ、半ば無理やり階上に向かったのだ。

「まったく、もったいないなあ……」

部屋に入ると、浩太郎は溜め息まじりにつぶやいた。

「話をするだけなのに、わざわざ高いお金払ってこんないい部屋……」

仲よく並んでいるふたつのベッドに動悸を乱しながら、窓のカーテンを開いた。

副都心の高層ビル群が一望できる絶景に圧倒される。

だが、浩太郎の意識は、窓の外の景色よりも背後にいる雅美に集中していた。

雅美が告白をしたがっているという予感は、すでに確信にまで高まっていた。

対応には細心の注意が必要だった。

なにしろ相手はやくざの娘。間違いを起こしても恥をかかせても、待っているのは地獄である。冷静に話を聞き、誠意をもって対応するしかない。

「それで、話って……」

覚悟を決めて振り返ると、黄八丈に飾られた女体が胸に飛びこんできた。

「ちょっ、ちょっとっ……雅美さんっ……」

うろたえる浩太郎にすがりつき、顔を胸板に押しつけてくる。白いうなじから、むっと女が匂った。反対に髪にささった桜色のかんざしからは、可憐さが漂ってくる。

「あんた、悪い男だな……」

雅美は胸板に顔を押しつけたままつぶやいた。

「女からこんなことさせるなんて……でも、あんた、いくら大胆に裸を見せても、俺の気持ちに気づいてくれないし……」

「いや、その……」

浩太郎は後退《あとずさ》ったが、すぐ後ろが窓なので逃げ場はない。

「俺の男になってくれよ」

雅美が上目遣いでささやいてくる。男勝りな言葉遣いとは裏腹に、眼つきはせつなげで、薄化粧の顔が艶《あで》やかな桜色に染まっている。

「絶対後悔させないから、頼む」

「ちょ、ちょっと待ってくださいよ……そんなこといきなり言われても……」

必死になって雅美の体を押し返そうとするが、雅美は離れない。

「だいたい僕みたいな男、雅美さんみたいな人に似合わないです……雅美さんのまわりには、いい男がいっぱいいるじゃないですか」

「……ひと目惚れって、あるんだなあ」

雅美は遠い眼でうっとりとつぶやいた。

「俺はさあ、組にいるような厳《いか》つい男なんて好きじゃないんだよ。あんたみたいに、普段はへらへらしてるほうがいい。でも、芯までへなちょこな男じゃだめだ。その点あんたは、いざとなったらうちの親分を怒鳴れるくらい肝が太いし……」

「いや、それは……」

浩太郎は焦って首を横に振った。

「たまたま怒鳴ったところに親分がいただけなんですよ。最初からあんな怖い人だって知ってたら怒鳴りませんて」

「俺のこと、嫌い？」

切れ長の眼がじゅんと潤む。

「嫌いなら嫌いって、はっきり言えよ。そうしたらきっぱりと諦《あきら》めるから」

「いや、その……」

浩太郎は泣きそうな顔になった。

「雅美さんのことは嫌いじゃないですよ。美人だし、カッコいいし、初めて見たときはハッと背筋が伸びたくらいで……」

「嬉しい……」

深紅の紅《べに》が差された唇が、妖艶にわななく。

「だったら、俺の男に……」

「いや、でも……」

浩太郎は遮った。

「だめなんです。雅美さんの男になることはできません」

「どうして？　俺がテキ屋の娘だから？」

「そ、それもありますけど……」

「心配しなくても、うちは切った張ったの暴力団じゃないよ。シャブとかチャカとか闇賭《と》博《ばく》とか、物騒なものにも手を出さない。しきたりにはうるさいけど、縁日で商売してるだけなんだから、まあ、言ってみれば移動式の商店街みたいなものさ」

「そ、そうかもしれないけど……」

浩太郎の声は震えていた。部屋でふたりきりになるなり女らしく瞳を潤ませて迫ってきた雅美に、欲情しかけていた。雅美が話しながらもじもじと身をよじるので、刺激を受けた股間がふくらみはじめ、もう少しで勃起してしまいそうだ。

「か、勘弁してくれっ！」

叫び声をあげて雅美を突き飛ばし、その場で土下座した。

「雅美さんはとっても魅力的だし、いっそ村田組に入ってもいいかと思っちゃうくらい素敵だけど……僕には好きな人がいるんだっ！　ごめんっ！」

叫びながら、絨毯《じゅうたん》に額をこすりつけた。不思議にみじめな感じはしなかった。それくらい必死だった。このまま雅美のペースに巻きこまれて、押し倒してしまったりしたら大変なことになる。どれだけ彼女が魅力的でも、物騒なものには手を出さないと言われても、やはりやくざの身内になってしまうのは怖すぎる。

4

「……好きな人」

雅美はよろりとよろめいて、ベッドに腰をおろした。全身から力が抜けてしまったという感じだった。

「すいません……」

浩太郎がもう一度頭をさげると、

「そうか……好きな人がいるのか……」

雅美は呆然とつぶやき、

「よかったら、どんな人が好きなのか教えてくれない？」

「そ、それは……」

浩太郎は低く声を絞った。

「『花の湯』の娘さんですよ。菜々子っていうんですけど……」

「菜々子さん……」

雅美は噛みしめるように言い、

「その人とはもう契りを結んだ？」

「いえ……」

浩太郎は首を横に振り、

「彼女は未亡人だから、僕の気持ちを受けいれてくれるかどうかわかりません。でも、たとえ受けいれてもらえなくとも、いま入院してる彼女のお父さんが退院して仕事ができるようになるまで、銭湯は手伝おうと……」

「……そう」

雅美は長い溜め息をついた。悲痛に歪んだ美貌が、窓から差しこむ柔らかい陽射しに照らされて蒼白に輝いている。きつく握りしめられた小さな拳がふたつ、黄八丈に包まれた膝の上で小刻みに震えている。

浩太郎は思わず眼をそむけた。普段は男まさりに勇ましい雅美だけに、そんなところを見るのがつらい。

「……わかった」

たっぷりと間をとってから、雅美はつぶやいた。

「あんたのことは、もう諦める。そこまで心に決めた人がいるなら……」

「そ、そうですか……」

浩太郎は安堵の溜め息をついたが、

「でも……」

雅美はすかさず言葉を継いだ。

「諦めるけど、そのかわり……いっぺんだけ、俺のこと抱いてくれよ」

「……ええっ？」

浩太郎は仰天して声をひっくり返した。

「じょ、冗談はやめてくださいよ……」

「冗談で言ってると思う？」

凛々《りり》しい細眉がきりきりと吊りあがっていく。

腕を取られ、強引に立ちあがらされた。

「い、いや、でも……そんな……」

ひきつった顔を左右に振る浩太郎のほうに、雅美は立ちあがって近づいてきた。

「諦めるって言ってんだから、それくらいしてくれてもいいだろ」

乱暴な言葉遣いとは裏腹に、雅美はせつなげに眉根を寄せ、いまにも泣きだしてしまいそうだった。切れ長の瞳は限界まで潤み、黄八丈に包まれた細い体は震えている。

愛《いと》しさが胸にこみあげ、浩太郎は思わず抱きしめてしまった。

巡りあわせが少し違えば、あるいは雅美と結ばれる道もあったかもしれない。彼女がテキ屋一家を継ぐという運命を背負っておらず、菜々子という存在がなければ、迷うことなくその体にむしゃぶりついたことは間違いない。

(大丈夫かな。一回やっちゃったら、それを既成事実にされちゃうんじゃないか……)

胸底で逡巡しつつも、こみあげる欲情に抗《あらが》いきれなくなっていく。雅美の体と接触している股間はすでに痛いくらいに勃起して、熱い脈動を刻みはじめている。

「……本当に一回だけ？」

浩太郎がささやくと、

「……約束する」

雅美は浩太郎の胸に顔を押しつけたままうなずいた。

「あとから責任とれとかそういうことは……」

「俺は曲がりなりにも『関東村田組』の跡取りだよ。卑怯《ひきょう》なことは大っ嫌いだ」

下からまっすぐに見つめられ、浩太郎の胸はどきんとひとつ跳ねあがった。妙な勘ぐりをしている自分が薄汚く思えるほど、雅美の眼はきれいに澄んでいる。

「……ぅんっ」

唇をそっと重ねた。

雅美の唇は小さくて、いつも悪態ばかりついているとは思えないほど柔らかかった。

浩太郎は舌を差しだし、唇の合わせ目を舐《な》めて口を開かせた。

「っんんっ……ぅんあっ……」

ぬるりと舌を口内に侵入させ、舌をからめとる。

ねちゃねちゃとからめあわせてやると、雅美の眼の下はみるみるねっとりした朱色に染まっていった。

自分から求めてきた情交なのに、雅美のキスは積極的ではなかった。上気した顔をこわばらせ、長い睫毛《まつげ》を震わせて、浩太郎のなすがままに舌を吸われている。

「うんんっ……た、立ってられない……」

雅美は不意にキスをほどくと、ベッドのほうによろめいていった。黄八丈に包まれた小尻をベッドカヴァーにのせ、ハアハアと肩で息をする。

(意外に、経験が浅いのかな……)

二十代半ばとは思えないほど初々《ういうい》しい反応に胸を騒がせながら、浩太郎はブルゾンを脱いでベッドに向かった。

雅美を押し倒した。

胸のふくらみをまさぐった。

いまは着物に押しつぶされているけれど、その下には丸々とした肉の果実が隠されていることを、浩太郎は知っている。

一刻も早く見たくなり、着物の前を割った。

まずは血管を青く浮かすほど白い胸元の肌が現われた。

さらに左右に割っていくと、プリンスメロンのように丸みのある乳房が、黄八丈から悩ましくこぼれでた。

「あああっ……」

『花の湯』で何度となく見られているはずなのに、雅美は羞じらいに顔を染め、あえぐような声をあげた。

女の秘部を間近で見られたことだけが原因ではないようだった。

丸みのあるふくらみの先端で、淡いピンクの乳首が突起していた。着物を脱がされる前からそこを疼《うず》かせていたから、羞じらっているのだ。

（それにしても……すごいおっぱいだ……）

ただ量感があるのではなく、丸々と張りがある。内側にみっちりと肉がつまっていそうで、仰向けに寝ているのに形がまったく崩れていない。そのうえ、乳首がついている位置が高いから、乳房全体がツンと尖って見える。

「は、恥ずかしいから、そんなに見るな」

雅美が潤みきった眼を細め、睨んでくる。いや、睨んでいるつもりらしいが、泣きだす寸前の少女のようだ。

「番台から何度も見たよ」

浩太郎は甘くささやきながら、両手を伸ばした。たわわに実った肉の果実を、裾野のほうからそっとすくいあげていく。

「んんんっ……」

雅美は眼を閉じ、長い睫毛を震わせた。歓喜を嚙みしめるように、眉根をきりきりと寄せていく。

（な、なんて弾力だ……）

まるで空気をぱんぱんに入れたゴム鞠《まり》みたいな触り心地に、浩太郎は陶然となった。力をこめても、容易には指が沈まない。男の愛撫をはねのけるような、挑発的なまでに張りつめた乳房である。

ぐいぐいと揉んだ。

びくともしなかった。

これだけ弾力のある乳肉を、よくさらしで潰《つぶ》すことができるものだと感心してしまう。

しかも、いくら揉んでも、雅美の反応が鈍い。

顔をそむけたまま、恥ずかしげに息を吞んでばかりいる。

（押してもだめなら引いてみろ、か……）

浩太郎は作戦を変えて、舌を差しだした。

ふくらみの裾野から頂点にかけて舐めあげた。

ぴちぴちに張りつめた白い素肌に興奮を煽《あお》られつつも、漆職人《うるし》がお椀《わん》に漆を塗るように丁寧に、舌を刷毛《はけ》に見立てて這わせていく。

「あっ……んんんっ……」

雅美の口からくぐもった声がもれた。

どうやら揉むよりも舐めるほうが感じるらしい。

浩太郎はじっくりと舌を這わせた。

丸々とふくらんだ乳肉がねとねとに濡れ光るまで、執拗《しつよう》に唾液をまぶし、舐めまわしていく。

「ああっ……あああっ……」

雅美が喜悦に上ずった声をあげ、しきりに身をよじる。

腰を反らせ、突きだすようにされた双乳の頂点では、淡いピンクの乳首が限界まで尖りきり、愛撫を求めて疼いていた。

浩太郎は満を持して乳首に舌を伸ばした。

まずは舌先だけを使い、突起した乳首の側面をくすぐるように舐めたててやる。

「ああっ！　あぁあああっ……」

雅美が悲鳴をあげて体を跳ねさせる。

浩太郎は黄八丈の襟をさらに剝がし、華奢《きゃしゃ》な双肩まで露わにした。そうしておいて両手の抵抗を封じ、あらためてふたつのふくらみを両手ですくった。唾液にまみれた肉の果実を揉みしだきながら、硬く尖った乳首を吸った。

「あっ、あぁあああーっ……はぁあああああんっ……」

よほど乳首が敏感らしい。

雅美は鉄火肌のテキ屋の娘とは思えない可憐なあえぎ声をあげ、釣りあげられたばかりの魚のように跳ねあがる。細い首筋をみるみる生々しい朱色に染め抜いていく。

と同時に、乳房にも変化があった。

乳首を吸いたてながら揉みしだいてやると、みっちりと張りつめた乳肉が次第に柔らかくなっていったのだ。まるで刺激に蕩けていくように、ふくらみに指が沈みだした。

たまらない揉み心地だった。

浩太郎はむぎゅむぎゅとばかりに揉み絞り、淫らな音をたてて乳首を吸った。片方の乳首を吸いながら、もう片方の乳首を指先で押しつぶした。

乳首を刺激すればするほど乳肉は柔らかみを増し、手のひらに吸いついてくる。

浩太郎がなすりつけた男くさい唾液だけではなく、甘い匂いのする汗を薄っすらと浮かびあがらせ、どこまでも揉み心地をいやらしくする。

「ああっ、もう許してっ！」

雅美がのけぞって悲鳴をあげた。

「お、俺……胸の先っぽは特別感じちゃうんだよ……そんなにされたらおかしくなっちゃうっ！」

愛撫の手をとめると、雅美は息をはずませながら恨みがましく見つめてきた。欲情に蕩けかけたその表情はぞっとするほど妖艶で、浩太郎はごくりと生唾を呑みこんだ。

5

（許して……おかしくなっちゃう、か……）

雅美の口から飛びだした台詞《せりふ》に、浩太郎は内心でほくそ笑んだ。可愛いところがあるものだ。普段は男まさりの鉄火娘でも裸になればやはり女、性感をまさぐられればひいひいよがり泣く獣の牝なのだ。

浩太郎は、自分のなかで野生の牡の本能がこみあげてくるのを感じた。もっと雅美を乱れさせてやりたくなった。

「つまり、こういうことか？」

ぎらぎらとたぎる視線で雅美を見る。

「胸はもういいから、別のところを愛撫してほしいと……」

体を起こし、黄八丈に包まれた尻を撫でる。豊満な胸のふくらみとは逆に、小ぶりでぷりんと引き締まっている。

「早くご開帳してほしいと……」

尻を撫でていた手を、じりじりと着物の裾に伸ばしていく。

「ううっ……い、意地悪言わないで……」

雅美は赤々と上気した顔をひきつらせて、浩太郎の手を視線で追う。脱ぎかけの着物の襟が両腕に引っかかっているので、双乳が剝きだされても隠すことができないまま、四肢を小刻みに震わせている。

浩太郎の手が着物の裾に届いた。

ちらりとめくると、ふくらはぎが見えた。

生脚と白い足袋《たび》と、めくれた着物のハーモニーがエロティックすぎて、いても立ってもいられなくなるほど興奮を誘ってくる。

さらにめくった。仲よく揃った膝が顔を出し、その上では、むちむちと肉づきのいい太腿がぴったりと閉じあわされている。

浩太郎は自分の鼻息が荒くなっていくのを感じた。

考えてみれば、着物を着た女と寝るのは初めてだった。生まれて初めてスカートをめくったときも興奮したが、着物の前を割っていくときに感じるこの胸のときめきは、また別格の妖しさがある。日本人のＤＮＡがなせるわざだろうか。

「ああっ、いやっ……」

あと少しで両脚のつけ根までめくれるというところで、雅美は後退った。襟を直して両手の自由を取り戻し、淫らにまくれた着物の裾を押さえた。

「らしくない台詞だな」

浩太郎は意地悪く笑った。

「じゃあ、やめるか？　そんなに恥ずかしいなら、やめちゃうか？」

「ち、ちくしょう……」

雅美は真っ赤になった顔をそむけて、唇を嚙みしめた。太腿の上を押さえている手を、ゆっくりと、何度も息を吞みながら、離していく。

恥ずかしがるのも無理はない、と浩太郎は思った。なにしろこれから露わにされるのは、銭湯ではけっして見せることがない部分なのである。

「あぁあああぁーっ！」

裾を腰までまくって股間の翳《かげ》りを露わにすると、雅美は羞恥に歪んだ悲鳴をあげた。けれども、もう隠しはしない。隠せば意地悪を言われるだけなので、唇を嚙みしめてこらえている。

「脚、ひろげろよ」

控えめに茂った艶《つや》やかな草むらを、指で撫でる。

「ほら、早く」

「ううう……くぅううう……」

雅美は朱色に染まった細首を振りながら、必死になって両脚を開いていく。むっちりと
逞《たくま》しい太腿を左右に割り、日陰に咲く女の花を見せつける。

（う、うわあっ……）

浩太郎は眼を見開き、息を吞んだ。

アーモンドピンクの花びらが二枚、慎ましやかにぴったりと縦に合わさっていた。まわ
りの繊毛が薄く、肌色のくすみも少ないから、赤みの強い花びらの色がひどく鮮明に見え
る。

黄八丈の着物の奥から現われていることが、なによりも衝撃的な光景にしていた。丹念

に織りこまれた伝統の布地に隠されていた野生。襦袢《じゅばん》や足袋よりなお白く、透明感をもって輝く両脚。そのつけ根に咲く、しとどに濡れた淫ら花。

「むううっ……」

浩太郎は鼻息も荒く、雅美の両膝をつかんだ。遠慮がちにひろげられていた両脚をさらにぐいっと左右に割り、きっちりとM字に割りひろげた。

「ああっ……ううっ……」

女の恥部をまじまじと凝視され、雅美があえぐ。部屋の照明はつけられていなかったが、窓から真昼の陽射しが差しこんでいるので、花びらの色つやから繊毛一本一本までつぶさに観察することができる。

浩太郎は首を伸ばし、顔を近づけた。

むっと湿った女の匂いを鼻腔に感じながら、雅美の花に口づけた。

「あぁあうううっ！」

雅美が総身をのけぞらせる。左右に割られた白い太腿をぶるぶると震わせ、恥部に訪れた刺激に悶える。

（や、柔らかい……）

唇に感じた雅美の花びらはふくよかな厚みがあり、たまらなく柔らかかった。蕩けるようなと表現してもいいくらい、やさしく繊細な感触がした。

舌を差しだし、舐めあげた。

まずは左右の花びらが閉じた状態で表面に唾液をまぶし、それから、合わせ目の縦筋に沿って舌先をツツーッと這いあがらせていく。

「んんんっ……んんんんっ……」

雅美がしきりに首を振りたてる。長い黒髪がアップに結われていなければ、おそらく乱れ髪に顔が隠されてしまっただろう。だがいまは、妖しくひきつった頬が、せつなげに寄せあげられた眉が、汗の浮かんだおでこが、すべて丸見えだった。恥部を舐められて悶える顔を、隠すものなくさらしている。

「むうっ……むううっ……」

雅美の顔を上目遣いに眺めながら、浩太郎は荒ぶる鼻息で繊毛をそよがせる。肉の合わせ目からじわりと滲《にじ》んできた蜜に誘われるように、舌先を淫らに動かしはじめる。慎ましく閉じている左右の花びらをぺろりとめくり、つやつやと濡れ光る薄桃色の粘膜を露わにする。

「ああっ……いっ、いやっ……いやああっ……」

敏感な粘膜に男の吐息を感じた雅美は、あられもない声をあげ、白い足袋に包まれた足指を中空で折り曲げた。

足袋を履いた女の足というのは、なんといやらしいものなのだろう。もっとよく見るために、浩太郎は雅美の太腿の裏をつかみ直し、両膝がほとんどベッドカヴァーに密着するほど女体を屈曲させた。

「くぅうううううっ……」

うめく雅美のM字開脚の中心にあらためて視線を移せば、ぱっくりと左右に開いた花びらの間で、蜜に潤った薄桃色の粘膜が愛撫を求めるようにひくひくと息づいていた。

綺麗な色艶だった。

花びらの内側は鮮明な赤に充血し、渦を巻くようにひだがひしめくその奥は、透明感のあるパールピンクからサーモンピンクへと色鮮やかなグラデーションを描いて、浩太郎の眼を欲情にたぎらせていく。

「あぁううっ……はぁうううっ……」

粘膜にぴちゃぴちゃと舌を這わせると、雅美はもはや口を閉じることができなくなり、口づけで紅の剝がれた唇から、とめどもなく嬌声《きょうせい》をもらすばかりになった。

そしてそれ以上の勢いで、女の割れ目から粘っこい蜜をあふれさせた。

みるみるうちに恥丘に茂った草むらから内腿までをぐっしょりと濡らし、蟻《あり》の門渡《とわた》りを伝ってアナルのすぼまりまで垂れ流れていく。

（すごい濡れ方だ……）

浩太郎は唇のまわりにべっとりと付着した獣じみた匂いのする発情のエキスを拭《ぬぐ》いながら、陶然としていた。

啜《すす》っても啜っても、あとからあとからあふれてくる。

しかもまだ、いちばんの女の急所は責めていない。

しっとりと濡れた黒い繊毛からわずかに頭をのぞかせているクリトリスには、まったく刺激を与えていないのだ。

（これでここを舐めたりしたら……）

胸の高鳴りを感じながら、浩太郎は手指を伸ばした。まずはクリトリスそのものではなく、その少し上あたりに指を置き、恥毛の茂った皮膚を引っ張ってやる。肉の合わせ目にある丸みのある真珠肉の包皮が剝かれ、半透明の珊瑚《さんご》色をした中身が突きだした。ふうっと息を吹きかけてやると、愛撫を求めるように小刻みにぷるぷると震えだした。

「ううう……くぅううう……」

次にどこを責められるのか察したのだろう。雅美は全身をかたくこわばらせ、薄眼を開けて浩太郎を見てきた。たっぷりと粘膜を舐めまわしてやったせいで、テキ屋の娘とは思えないほど淫らな、発情しきった牝の顔をしている。厳つい若い衆を仕切っていた鉄火肌が、妖艶な朱色に染まりきっている。

浩太郎は、獰猛《どうもう》な蛸《たこ》のように尖らせた唇をクリトリスに押しつけ、剝き身の真珠肉をしたたかに吸いたてた。

「はっ、はぁおおおおおおおおおーっ！」

ちぎれるような悲鳴が部屋いっぱいに響き渡り、女体が跳ねあがる。

浩太郎はそれを渾身《こんしん》の力で押さえつけながら、音をたててクリトリスを吸った。見た目には小さく見えた真珠肉が、口のなかでどんどんと尖っていくのを感じた。

6

「ああああっ……もうっ……もうだめっ……」

雅美が悲鳴まじりの声をあげて、体をひねった。執拗に責めたてる浩太郎のクンニリングスから逃れて、淫らな粘液で濡れまみれた股間を閉じあわせると、ハアハアと肩で息をしながら、恨みがましい眼を向けてきた。

「あんた……見た目に似合わず、異常にねちっこいね……」

「そうか？」

浩太郎はとぼけて首をひねったが、自分でも同じことを感じていた。唇のまわりはもちろん、双頬や顎の下まで雅美が漏らした匂いたつ蜜でぐっしょりだった。

こんなに夢中でクンニリングスをした記憶はあまりなかった。雅美のせいだ。激しく羞じらいながらも、身も世もなく悶え泣くその姿に誘われて、しつこいほどの舌責めを敢行してしまったのだ。

「なあ……俺、もう我慢できないよ……」

白い肩越しに潤んだ視線を投げかけられ、

「そ、そうだな……」

浩太郎はうなずいた。浩太郎のほうも、とっくの昔に我慢の限界に達していた。痛いくらいに勃起しきった分身が、ジーパンの前を突き破らんばかりにふくらませている。

あわてて服を脱ぎ、全裸になった。

雅美は背中を向けていたが、ジーパンとブリーフを一緒におろす段になると、横眼で見つめてきた。隆々と反り返った男の欲望器官を見て、潤んだ瞳がさらに潤み、まぶしげに眼を細めた。

「俺が上になってもいい？」

身を寄せながらささやき、ペニスをそっと握りしめてくる。

「いいけど……」

浩太郎は股間の刺激に息を呑みながら仰向けに体を横たえた。

雅美が黄八丈の裾をまくって、またがってくる。黄色い着物の生地から露出された両脚の白さと、獣じみた股間の草むらが、たまらなくいやらしい。踏ん張った白い足袋が、欲情の炎に油を注ぎこんでくる。

「ああ、恥ずかしい……」

みずから騎乗位を求めたくせに、雅美の顔は羞恥に歪んでいる。和式トイレにしゃがむ格好で腰を落とし、そそり勃《た》つ肉茎に手をそえて、角度を合わせる。

視線がからみあった。

だがすぐにお互い眼をそらし、ごくりと生唾を呑みくだす。

「これが……最初で最後ね……」

雅美は眉根を寄せた顔で嚙みしめるように言うと、

「い、いくよ……」

息を呑んで浩太郎を見つめてきた。

浩太郎はうなずいた。

淫らに上気した雅美の顔と、いまにも割れ目に咥《くわ》えこまれようとしているおのが分身を交互に眺め、ぶるっと全身を震わせる。

「んんんっ……」

雅美が腰を落としてくる。ねとねとに濡れまみれた左右の花びらを巻きこみ、男の肉茎が女体のなかに呑みこまれていく。

「んんんっ……あああっ……」

雅美が途中で腰を落とすのをやめ、首にくっきりと筋を浮かせた。

「あんたのもの……逞しいっ……逞しすぎるっ……」

言いながら小さく腰を上下させ、肉と肉とを馴染《なじ》ませていく。女の割れ目を唇のように使って、亀頭を舐めしゃぶる。びしょ濡れの肉ひだが、くちゅっ、くちゃっ、とたてる音が、耳からではなくペニスを通じて浩太郎の体の内側に響き渡る。

(むううっ、なんて締まりだ……)

眼の前で繰りひろげられている垂涎《すいぜん》の光景に息を呑みつつ、浩太郎は雅美のきつく引き締まった女膣《にょちつ》の感触におののいた。まだ亀頭を咥えているだけなのに、すさまじい密着感を感じる。これで根元まで結合したら、いったいどれほどの快感が襲いかかってくるのだろうか。

「はっ、はぁあああああーっ！」

雅美が甲高い悲鳴をあげて腰を落としてくる。極上の締まりをもつ蜜壺《みつつぼ》が、男の欲望器官を根元まで呑みこんでいく。

「むううっ……」

浩太郎は思わず声をもらした。息苦しいほどの快感がペニスに襲いかかってきて、じっとしていられない。たまらず両手を伸ばし、帯の上からすがりつくように雅美の腰をつかんだ。

「あああっ、きてるっ……いちばん奥まで届いてるううううっ……」

雅美は白い喉を見せて言い、両脚を立てたまま腰を使いはじめた。浩太郎同様、じっとしていられないようだった。切羽つまった動きで、性器と性器をこすりあわせる。お互いの恥毛と恥毛をからみあわせるように、ねちっこく腰をグラインドさせる。

「ひ、響くっ……子宮に響くうっ……」

「こ、こっちだって……」

浩太郎は熱っぽくささやいた。

「食いちぎられちゃいそうだ……すごいっ！」

「あああっ……」

雅美は両脚を前に倒し、むっちりした白い太腿で浩太郎の腰を挟んだ。

「た、たまらないっ……たまらないよっ……あぁあああああーっ！」

腰のグラインドを前後運動に移行し、くいっ、くいっ、と股間をしゃくる。内側に呑みこまれたペニスが、したたかに摩擦される。元よりびしょ濡れだった女のひだが、腰を振るごとに潤いを増し、ぐちゅうっ、ずちゅうっ、と卑猥な音がたちのぼりだす。

「ああんっ、いやんっ……」

雅美はみずからの股間からあがった音に激しく羞じらい、けれども着物の襟を開いて両腕を抜きだした。上半身裸になり、半ば隠れていた乳房を剝きだしにして、帯をつかんでいた浩太郎の両手を胸元に導いていく。

「むううっ……」

浩太郎は丸みを帯びた双乳を下からすくいあげ、揉みしだいた。

雅美の腰振りが与えてくれる痛烈な刺激に酔いしれながら、弾力に富んだ胸のふくらみに指を食いこませ、こりこりに尖りきった乳首をつまみ潰した。

「ああぁっ……はぁあああーっ！」

みずから特別敏感だと告白した乳首への刺激を受けて、雅美の腰振りは一足飛びに速まっていった。ぐいんっ、ぐいんっ、と前後にしゃくっては、腰をグラインドさせ、みなぎりを増していく肉茎の硬さを噛みしめる。

（こ、こりゃあ、長くはもたないぞ……）

浩太郎は息をはずませながら、胸底でつぶやいた。さすがテキ屋の若い衆の上に君臨している女だと褒めるべきだろうか。雅美の騎乗位は練達だった。どこまでもいやらしい腰振りで男を翻弄《ほんろう》し、興奮を高めていく。浩太郎は自分が動かない騎乗位だけで射精してしまったことなどほとんどないのに、早くも分身が放出の予感に震えだしている。

「ね、ねえ……」

不意に雅美が薄眼を開けて見つめてきた。欲情の涙で潤み、縁を赤く染めた両眼が、ぞっとするほど色っぽい。

「俺、こんなに気持ちのいいオチ×チン、初めてだ……」

「そ、そう……」

こっちだってこんなに気持ちのいいオマ×コは初めてだと言おうとしたが、下品な気がしてやめておく。

「やっぱり、諦めきれない……」

腰を振りたてながら、雅美は涙まじりの声で言った。

「こんなに気持ちいいオチ×チン、銭湯の娘になんか取られたくない……」

「ま、待てよ……」

浩太郎は焦った声をあげた。

「約束が違うじゃないか。卑怯なことは大っ嫌いなんじゃなかったのか？」

「そうだけど……悔しい……渡したくないよ……」

雅美は生々しいピンク色に染まった顔で唇を嚙みしめ、

「ねえ、賭《かけ》をしない？」

「賭？」

「あんたが先にいったら、俺の男になってくれ……」

「ええっ？」

「俺たち、体の相性抜群だよ。きっと赤い糸で結ばれてたんだよ。あんただって、もう出ちゃいそうだろ？」

「いや、その……むううっ！」

雅美の腰振りのピッチがあがり、浩太郎はのけぞった。むっちりした太腿で男の腰をしたたかに挟み、やや腰を浮かせて女肉でペニスをこすりたててくる。カリのくびれに痛烈な刺激が襲いかかってきて、先走り液がどっと噴きだす。

（ま、まずい……このままじゃ……）

あっという間に射精に追いこまれてしまいそうである。

「ず、ずるい女だな……」

浩太郎は真っ赤に茹《ゆ》であがった顔で言った。

「こんな状況で約束を反故《ほご》にしやがって……」

「俺のこと、先にいかせればいいだけだよ」

「よーし、わかった」

浩太郎は朦朧《もうろう》とする頭を振った。雅美の気持ちは嬉しかったけれど、負けるわけにはいかない。そこまで言うのなら、ぐうの音《ね》も出ないほど激しく絶頂させてやる。

「な、なにを……」

胸を揉んでいた両手を太腿に移すと、雅美は顔をひきつらせた。浩太郎はかまわず太腿を持ちあげ、女体を再び和式トイレにしゃがんだ体勢に導いていく。

とにかく、雅美の好きなようにやらせていては分が悪い。なんとかしてイニシアチブを取り返さなくては、勝負の結果は眼に見えている。

（まずは、こうだ……）

浩太郎は雅美の左右の太腿を下からしっかり押さえたまま、ベッドのスプリングを利用して下から律動を送りはじめた。

「あっ、あぁううっ……」

雅美の顔色が変わった。慣れないやり方だったので、最初の十回くらいはうまくコントロールできなかったけれど、次第に深々と突けるようになっていく。女膣のいちばん奥にあるこりこりした子宮を、ずうんっ、ずうんっ、と突きあげてやる。

「あああっ……いやっ……いやあああああっ……」

あられもないM字開脚を強要された格好で、雅美が乱れはじめる。腰をしゃくることができなくなり、ただ下からの突きあげを受けとめて悶絶するばかりになる。

「気持ちよさそうだな?」

浩太郎は意地悪くささやいた。

「もっとよくしてやろうか?」

右手を太腿からずらし、結合部へと這わせていく。ずっぽりと男根を呑みこんだ女の割れ目、その上端を指でまさぐる。

「はっ、はぁおおおおおおおおーっ!」

ツンツンに尖りきったクリトリスをいじりまわしてやると、雅美は獣じみた悲鳴をあげ、ちぎれんばかりに首を振った。

浩太郎は下から怒濤《どとう》の突きあげを行ないながら、ねちっこく真珠肉を指で転がした。分身は相変わらず射精寸前の様相で、抜き差しするほどに気が遠くなるような快美感が襲いかかってきたけれど、イニシアチブを取ったことで心にわずかな余裕が生まれていた。凛々しい美貌をくしゃくしゃにして喜悦に悶える雅美の顔が、サディスティックな冷静さを与えてくれる。

「どうだ？　いいのか？　突かれながらクリをいじられるとたまらないだろ？」

「くううっ……くぅううううーっ！」

雅美は顔をそむけ、血が出るくらいに唇を嚙みしめている。意地でも先にいくものかと、赤々と上気しきった顔に書いてある。

（こっちだって、意地でも先にいくわけにはいかないんだよ……）

浩太郎は上体を起こし、体位を対面座位に移行した。丸々と実った剝きだしの双乳が、ちょうど顔の前にくる。

「勇ましいテキ屋の娘さんにも、弱点はあるんだよな……」

左右のふくらみを両手で絞りあげ、先端をきつく尖らせる。乳首をそっと口に含み、唾液をたっぷりとまとわせる。そうしておいて、左右同時にこちょこちょと指でいじりまわしてやる。

「ああっ……あああっ……」

薄眼を開けた雅美の顔が、上気したまま凍りついた。みずから特別感じると言ってしまった部分に、いまにも痛烈な刺激が訪れそうだ——その期待と不安に、戦慄《せんりつ》を覚えているらしい。

右の乳首を、きゅうっとひねった。

「はっ、はぁおおおおおおおーっ！」

雅美がのけぞり、体を跳ねさせる。発情しきった牝猫のように、股間をこすりつけてくる。

続いて左の乳首を、きゅうとひねる。

「あああああっ……だめえええええーっ！」

雅美は絶叫をあげ、腰の動きがとまらなくなった。先ほどまでの男を追いこむような腰振りではなく、全身をくねらせてむさぼるように股間を動かす。

「痛いくらいにしたほうが、感じるみたいだな」

浩太郎は双乳をぎゅうぎゅうと揉みしだきながらささやいた。

「今度こそ、約束守れよ。先にいったら、すっぱり諦めてもらうからな」

「あああっ……ち、ちくしょうっ……」

雅美は涙まじりの声で言い、浩太郎の首に両腕を巻きつけてくる。

抱きしめられ、胸のふくらみに顔を押しつけられた浩太郎は、乳首を口に含んだ。音をたて痛烈に吸いたて、歯を使って甘噛みした。もう片方の乳首は指でひねりつぶしていた。そうしつつ、ベッドのスプリングを使って律動も送りこむ。喜悦に暴れる女体の中心を、はちきれんばかりにみなぎった分身でしたたかに穿《うが》ち、貫く。

「だめだめだめっ……もうだめっ……」

雅美の体がぶるぶると震えだした。

「いくのか？　いっちゃうのか？」

浩太郎は勝ち誇った声でささやいた。とはいえ、おのが男根にも余裕はなく、いまにも発作の痙攣《けいれん》を開始しそうだ。一刻も早く追いこんでしまわなければ、敗北の憂き目に遭ってしまう。

「そら、いけっ！　いくんだっ！」

下から痛烈な連打を浴びせてやると、

「ああっ、だめっ……もう我慢できないっ……いっ、いくっ……いっちゃううううううう－っ！」

雅美はひときわ甲高い悲鳴をあげて、全身をぎゅうっと硬直させた。悲鳴は最初、屈辱に歪んでいたが、すぐに歓喜の色に染まった。次の瞬間、びくんっ、びくんっ、と四肢を跳ねさせ、女の絶頂に昇りつめた。

「はっ、はぁうううううううーっ！　はぁうううううううーっ！」

「むむううっ……」

アクメに達した女膣が痛烈に収縮し、ペニスを締めあげてきた。男の精を絞りだすようにうごめき、吸いついてくる。

「こ、こっちもいくぞ……」

浩太郎は真っ赤な顔で声を絞り、フィニッシュの連打を放った。恍惚《こうこつ》に身をよじる女体を浮きあがらせるほど、怒濤の勢いで突きあげる。

「おうおう、出すぞっ出すぞっ……おおおううーっ！」

野太い声をあげて、最後の楔《くさび》を打ちこんだ。沸騰するマグマにも似た欲望のエキスを噴射させ、雅美の体の内側をどろどろに汚していく。

「はっ、はぁあうううううーっ！」

下腹の奥に灼熱《しゃくねつ》を感じた雅美が、総身をのけぞらせる。

「ま、また、いくっ……続けていっちゃうううううーっ！」

「おおうっ……おおうっ……」

放出しながら声をもらしてしまうほど、会心の射精だった。快美感が体の芯を痺れさせ、全身を激しく震わせる。浩太郎はしつこく尻を跳ねさせ、突きあげた。煮えたぎる白濁液が密着した性器と性器の隙間から滲みだすまで、長々と続く射精の快感を最後の一滴まで味わい抜いた。

第六章　喪服に咲く花

1

「ちょっと、番台さん。どうしちゃったのよ?」

「えっ……」

ぼんやりしていた浩太郎は、客の声で我に返った。午後四時半。男湯にも女湯にも、口開けにかならず現われる馴染《なじ》みの面々しかいない。その客も常連のひとり、裏のアパートに住んでいる田所のばあさんだ。

「す、すいません……お釣りですね」

浩太郎はあわてて小銭を数えた。

「まったくもう、若いんだからシャキッとしなさい」

田所さんは尖った声で言い残し、脱衣所に進んでいった。七十は軽く越えていそうなのに、声には張りがあり背筋もぴんと伸びて、矍鑠《かくしゃく》としたばあさんである。

（ふうっ……）

浩太郎は胸底で溜め息をつき、温《ぬる》くなった缶コーヒーを開けて飲んだ。カフェインをとれば少しは頭が冴《さ》えてくれるかもしれないと期待したが、どうやらだめそうだ。

数日が過ぎても、頭のなかはまだ雅美に占拠されていた。

一度だけの約束でまぐわった体と、事後に見せたせつなげな表情が、脳裏に焼きついて離れない。

「……先に帰って」

乱れた黄八丈を直しもせず、雅美はベッドで仰向けに倒れていた。張りのある乳房も濡れた草むらも露《あら》わにしたまま、放心状態に陥っていた。連続でのぼりつめたアクメのせいだけではなく、一度限りと約束した情交が終わってしまったからだろう。後出しジャンケンのように迫ってきた賭《かけ》にも、完膚《かんぷ》無きまでに敗れてしまったせいだろう。

「浅草まで送っていきますよ」

浩太郎が言うと、

「いい」

首を横に振り、瞼《まぶた》を閉じた。

「ひとりになりたい……」

「……そうですか」

浩太郎は仕方なく服を着けて、出口に向かった。ひとりになって泣きたいんだろうなと思うと胸が締めつけられ、ベッドに戻って抱きしめたくなった。

しかし、それはできない。雅美と付き合うわけにはいかないのだから、心を鬼にして立ち去ってしまうしかない。

「俺……」

ドアノブをまわすと、雅美が背中で言った。

「こんなによかったの……初めてだ。心も体も、どうにかなっちゃいそうだった……」

浩太郎は答えずに部屋を後にした。

雅美の言葉が嘘ではないことは、よくわかっていた。浩太郎にしても、これだけ夢中になった情事は初めてかもしれない。

体の相性が抜群にいいことは、もはや疑いようがなかった。残酷といえば残酷な話だ。いっそ体の相性が悪かったほうが、お互い諦《あきら》めがついたのに。

「……よお」

男湯の引き戸が開き、村田の親分が顔をのぞかせた。

「い、いらっしゃいませ……」

浩太郎はひきつった顔で言った。娘を「コマして」しまった罪悪感に、心臓が縮みあがっていく。

「外の見まわりですか？　ご苦労さまです」

今日は週末の土曜日なので、村田組が玄関前に屋台を並べていた。雅美の姿がないのは仕事で地方に行っているからだろうが、もう二度と現われないような気がする。

「いや。ひとっ風呂浴びにきただけよ」

親分は言い、小銭を番台のカウンターに置いた。しかし脱衣所には進まず、浩太郎の顔をまじまじと眺めては、わざとらしいほど深い溜め息をつく。

「……な、なにか？」

浩太郎が恐るおそる訊ねると、

「とぼけやがって」

ぎろりと眼を剝いて睨まれた。

「おめえさん、うちの大事なひとり娘、袖にしてくれちゃったらしいじゃねえか」

「えっ……」

背中に戦慄《せんりつ》が這いあがっていく。まさかとは思うが、ホテルでの一部始終を雅美は親分に話してしまったのだろうか。

「あの男まさりが珍しくめかしこんで出ていったと思えば、帰ってきたときはしょんぼり肩を落として、眼を真っ赤に腫《は》らしてよう。聞きゃあ、『花の湯』の番台に振られたっていうじゃねえか」

「い、いや、それは……」

「まあよう」

親分は遮って言葉を継いだ。

「おめえさんにもおめえさんの都合ってやつがあるには違《ちげ》えねえが、ああ見えたって女なんだぜ。やさしく断ってやったんだろうな？」

「そ、それはその……いちおう誠心誠意……」

どうやら寝てしまったことまでは知らないようだが、ひやひやものだ。

「僕なんかには、村田組のお嬢さんと付き合う資格がないと……」

「本当かよ？　それであんだけ落ちこめるもんかねえ」

親分が腕組みして睨んでくる。

「そ、そんなに落ちこんでるんですか？」

「ああ、大変なもんだ」

親分は唸《うな》るようにうなずき、

「なにしろ旅仕事をキャンセルして、毎日寝込んでたんだからな。飯もろくに喉を通らない有様でよ。パソコン教室の先生に逃げられたときゃあ、大酒食らって悪態ついてたやつがだよ。俺《おり》ゃあもう心配で心配で……」

険しかった顔が悲痛に歪み、涙まじりの声で言う。

「ま、まさか……あの雅美さんがそんな……」

「嘘だと思ったら、自分の眼で確かめてみな」

親分は顎をしゃくり、

「あんまり部屋にばっかり閉じこもってやがるから、ここまで引っ張ってきたんだ。いま外で焼きそば焼いてるから、ちったあやさしい言葉でもかけてやってくれよ」

「き、来てるんですか……」

浩太郎は息を呑んだ。激しい後悔が胸を疼かせる。おそらく、誘われるがままに寝てしまったことが、雅美をよけいに傷つけたのだろう。欲望に負けないできっぱりと断っておけば、そこまで落ちこむことはなかったかもしれない。

番台からおりて引き戸を開けた。

「頼むぜ」という親分の言葉に返事もせず、突っかけを履いて外に飛びだす。

まだ時間が早いから、屋台に人は集まっていなかった。

雅美はすぐに見つかった。

いつもどおりの袢纏《はんてん》姿で焼きそばを焼くその姿は、けれども親分が言うようにひどく落ちこんでいるわけでもなさそうだ。

「よおっ！」

浩太郎と眼が合うと、威勢のいい声をかけてきた。

「この前は悪かったな。時間とらせて」

「い、いえ……」

浩太郎はしどろもどろになり、

「こ、こっちこそ、すいませんでした……いろいろ……」

「はんっ、謝られることはなにもねえさ」

雅美は視線を泳がせてまわりに若い衆がいないことを確認すると、はにかんだ顔で声をひそめた。

「でも、びっくりしたぜ。あんたの男らしさには。骨抜きにされるっていうのは、ああいうことを言うんだろうな」

「いや、そんな……」

「食えよ。この前のお礼」

焼きそばを器に盛り、差しだしてくる。

「あ、いや……すいません……」

浩太郎は箸《はし》を割って食べた。屋台の焼きそばにしては、やさしく繊細な味がした。

「……親分、心配してましたよ」

焼きそばを食べながら、うかがうように言うと、

「ああ……」

雅美は溜め息まじりに苦笑した。

「なんて言ってた？」

「飯も喉を通らないくらい落ちこんでるって」

雅美はもう一度苦笑し、

「俺だって女なんだよ。男に振られりゃ落ちこむに決まってるだろ」

悪戯っぽく唇を尖らせた。

「でも、もう大丈夫。もう吹っきれた。あんたが期待はずれの男じゃなくてよかったって、逆に自分の見る眼を見直したくらいさ。あんたにゃ眼ざわりかもしんないけど、これから

も週末には顔を出すから、よろしくな」

「眼ざわりなんて……」

浩太郎は首を横に振り、焼きそばを口に運んだ。視線を感じて顔をあげると、雅美がせつなげに眉根を寄せた顔で見つめていた。お互いにすぐに眼をそらした。熱いものがこみあげてきて、焼きそばが喉を通ってくれない。

「ちょっとお、番台さんっ！」

女湯から出てきた田所のばあさんが、怒髪天を突く勢いで迫ってきた。

「いったいなんなんだい、あの男は？」

「あ、あの男？」

浩太郎がむせながら首をひねると、

「いま番台に座ってる人相の悪い男だよ。女湯に身を乗りだして、眼ぎらぎらさせて、人の裸を見てくるんだよ。まったく失礼しちゃうっ！」

浩太郎はあわてて戻った。田所のばあさんが言っていたとおり、パンチパーマの人相の悪い男が番台を占拠していた。

もちろん、村田の親分だ。

「ちょ、ちょっと、なにやってるんですか……」

「見張りだよ」

親分は女湯に身を乗りだしたまま、振り返りもせずに言った。

「物騒だろ、誰も見張りがいなくちゃ」

「誰もそんなこと頼んでないですよ。おりてください」

「いいじゃねえか、ちょっとくらい」

鬼の形相で睨みつけられ、浩太郎は縮みあがった。しかし、このままでは立つ瀬がない。菜々子にバレたら大目玉である。

「だ、だめです……いくら親分の頼みでも……」

「よーし、あと五分」

「だめだって言ってるじゃないですか」

「なんだと、人の娘泣かしやがったくせに」

「それとこれとは別問題じゃないですか。お願いですから早くおりて……」

娘の失恋をダシにしてまで番台に座ろうというすけべ根性に、言葉を失ってしまう。だいたい、こんな早い時間に銭湯に来るのは、田所のばあさんをはじめとした七十代のご隠居ばかりなのだ。番台に座っても垂涎のヌードが拝めるわけではないのに、いったいこの執念はどこからくるのだろう。

2

「あのさあ……」

明日が定休日という日の終業後、浩太郎は思いきって菜々子に切りだした。

「明日の休み、なんか予定ある?」

「えっ……」

女湯の掃き掃除をしていた菜々子は、手をとめて首をかしげた。

「映画のチケットがあるから、一緒に観にいこうぜ……」

浩太郎は断る隙を与えずに、言葉を継いだ。

「映画観て、帰りに美味《おい》しいものでも食べてこよう。俺ほら、東京来てから全然どこにも遊びにいってないし、おまえだって最近、息抜きしてないみたいだしさあ……」

かねてから計画していたデートに、ようやく誘う決意がついたのだった。雅美に「好きな人がいる」と言った手前、菜々子のことをこのまま放置しておくことはできない、という思いがあった。少しずつでも、距離を縮める努力をしなければならない。

「ごめんなさい……」

菜々子は申し訳なさそうにつぶやいた。

「明日はだめなの」

「予定があるのか？」

「うん……」

うつむき、黙りこんでしまう。何度も息を呑み、吐きだしながら逡巡し、やがて顔をあげた。

「映画じゃないけど、よかったら明日、わたしに付き合ってくれない？」

「なに？」

「実はね……」

菜々子はもう一度息を呑み、まっすぐに浩太郎を見た。

「亡くなった主人の、お墓参りに行こうと思ってたから……」

「あ、命日なんだ」

「そうじゃない」

菜々子は首を横に振り、

「そうじゃないけど、近ごろ全然行ってなかったから……前は週にいっぺんは行ってたんだけどね。忙しさにかまけていまじゃ月に一度も行けないから、次の休みには絶対行こうって決めてたの……」

哀しみに唇を震わすその姿に、浩太郎は言葉を返せなくなった。

翌日の昼過ぎ、浩太郎と菜々子は揃って墓参りに出かけた。

菜々子は和装の喪服だった。

髪をアップに結い、黒い着物をまとった菜々子は「未亡人」という言葉をそのまま体現しているようだった。薄化粧を施した横顔は蒼白《そうはく》に染まり、細い首筋から生涯の伴侶《はんりょ》を失ったせつなさが漂っていた。

待山家の菩提寺《ぼだいじ》はバスで十五分ほど行ったところにある、小さな寺だった。

平日の昼間なので人気《ひとけ》もなく、家を出るときから押し黙ったままの菜々子とふたりで、淡々と墓を洗い、花を供えた。

（まいったな……）

線香をあげ、墓前で手を合わせても、いったいなにを祈ればいいのか、浩太郎にはわからなかった。だいたい菜々子の亡夫とは面識もない。それに、言ってみれば恋敵《こいがたき》なのである。菜々子とふたりで墓参りなどして、呪いでもかけられたらどうしようかと思うとそわそわと落ち着かなくなり、一刻も早く立ち去ってしまいたくなった。

寺を出ると、老舗《しにせ》らしき和菓子屋が眼にとまった。

「なあ、なんか買ってこうか？」

浩太郎は努めて明るい口調で言った。和菓子が菜々子の大好物であり、いつか煙草屋のばあさんが持ってきてくれたおはぎで機嫌が直ったことを思いだしたのだ。

「この季節ってどんな和菓子が旨いんだろうな。もう少しすれば桜餅だろうけど……」

「今日はいい」

菜々子は首を横に振った。

「あんまり食欲ないから」

「そ、そう……」

会話はそれきり途切れてしまい、バスに乗って家に着くまで、ほとんどひと言も交わさなかった。

浩太郎はがっかりした。

菜々子が亡夫の墓参りに誘ってくれたのは、ふたりの関係を縮めるためではないかと、期待していたからだ。墓前で愛の告白、菜々子にそんなスタンドプレイは似合わないけれど、少しは男と女の話ができるものだとばかり思っていた。

「……それじゃあ」

母屋の前で菜々子が言った。玄関の鍵を開ける後ろ姿を、浩太郎はぼんやりと眺めていた。淋しい背中だった。再会してから見る菜々子の背中はいつだって淋しげだったが、喪服を着ているとそれが際立つ。

いつもなら、愛《いと》しさや同情を覚えるところだった。しかし、今日に限ってどういうわけか、激しい苛立《いらだ》ちがこみあげてきた。

「ちょっと待てよ」

はじかれたように声をあげ、菜々子を追いかける。いったん閉まったドアを開けて、玄関に入っていく。

「いったいなんだったんだ？　なんのつもりで、俺のこと墓参りなんかに誘ったりしたんだよ」

「なんのつもりって……」

菜々子は疲れた横顔でつぶやくと、草履《ぞうり》を脱いで居間にあがった。畳の上に正座して、ふうっと深い溜め息をつき、

「べつに理由があったわけじゃないけど……」

「そうかな？」

浩太郎は腕組みし、靴を履いたまま玄関に腰かけた。

「そうやって溜め息ばっかりついちゃって、嫌みったらしいったらありゃしないよ」

「なに怒ってるのよ？」

「怒りたくもなるだろ。つまりあれか？　いつまで経っても死んだ男のことが忘れられないっていう、パフォーマンスのつもりか？」

「そうじゃない……」

菜々子が細首を横に振る。

「じゃあ、なんだよ？」

浩太郎は声を荒げた。

「命日でもないのに、わざとらしく喪服まで着こんじゃって……おまえだって俺の気持ちはわかってるんだろう？　わかっててそういうことするなよ。はっきり言ってムカつくよ」

「そんなに怒らないで……」

こちらに顔を向けた菜々子は、瞳に涙を浮かべていた。

「わたしだって……わたしだって、どうしていいのかわからないんだから……」

両手で顔を覆い、声を殺して泣きだした。

（ま、まずい……）

小刻みに震える喪服の肩を見て、浩太郎は焦った。まさか泣かせてしまうとは思わなかった。いったい、なぜ唐突に泣きだしたのだろう。墓参りなんかしたせいで、感情が不安定になっているのか。

「浩太郎くんを、お墓参りに誘ったのは……」

菜々子が「ひっ、ひっ」としゃくりあげながら言う。

「自分の気持ちを確かめたかったからなの……でもわからない……わたし、どうしていいかわからない……」

「お、落ち着けよ……」

浩太郎は靴を脱いで居間にあがった。震える肩を抱きしめてやりたかったが、声を荒げたばかりなのでバツが悪く、並んで正座する。

「わたしはひどい女なの……」

菜々子が涙に潤んだ声で言う。

「浩太郎くんにあの人のことを忘れさせてくれるって言われて、すごく嬉しかった……テキ屋の娘さんに嫉妬したとき、自分の気持ちにはっきり気づいた……あのとき抱かれていればよかったって、毎日後悔して……でも、死んだあの人のことも忘れられない……心のなかで毎日あの人に謝って……」

泣き声が激しくなった。

「でも、あの人はやっぱりもういないし……お墓参りに行くたびに、記憶もどんどん薄らいでいくし……この前まではあの人に抱かれた感触をしっかり覚えてたのに……いまは……あの人を思いだそうとして眼を閉じても、浩太郎くんのことが思い浮かんだり……」

「本当かよ」

浩太郎は身を乗りだした。

「本当に、そんなに俺のことを……」

「こんなこと、冗談で言えるわけないじゃない」

菜々子が泣き顔を向けてくる。涙で化粧が落ち、眼の下が黒ずんでいたが、ぞっとするほど色香が匂った。

（どうする……どうしよう……）

どうやら、二度目のチャンスが訪れたようだった。恋愛に教科書があるならば、震える女の肩を抱き、寝技に持ちこむべし、と指南されるシチュエーションだろう。陳腐な台詞《せりふ》だが、亡くなったダンナごと愛してやるとでも言ってやれば、菜々子はついに体を許してくれ、ハッピーエンドを迎えられるかもしれない。

だが、浩太郎は動けなかった。

前回、そのパターンで失敗したからである。

菜々子の心に巣くった亡夫の呪縛《じゅばく》は、想像以上に手強《てごわ》い。行為の途中で彼のことを思いだし、また中断されることは、なんとしても避けなければならなかった。同じ失敗を二度繰りかえしたら、菜々子もそして浩太郎自身も、ふたりは結局、結ばれない運命にあるのではないかと思いはじめるだろう。

3

「涙、拭《ふ》けよ」

浩太郎はポケットから出したハンカチを、菜々子に差しだした。

「せっかくの綺麗な顔が台無しだぜ」

気障《きざ》な台詞を残して立ちあがり、流しでコップに水を汲《く》んでくる。ハンカチで涙を拭っている菜々子に、少し落ち着けと眼顔で言いながら、渡してやる。

「あ、ありがとう……」

菜々子は拍子抜けしたようにつぶやき、コップの水を飲んだ。おそらく菜々子も、いまの流れのなかで浩太郎に押し倒されることを想定していたのだろう。無意識にかもしれないが、そうしてほしくて涙を見せたのかもしれない。

だが浩太郎は、今度は別の手で攻めてみることにした。

「あのさあ……」

わざとらしく声音《こわね》を変え、畳に腰をおろしてあぐらをかく。バツ悪げにハンカチを握りしめ、眼尻を拭っている菜々子を見る。

「おまえさっき、『あの人を思いだして眼を閉じて……』って言ったよな？」

「えっ……あ、うん……」

「それって具体的にどういうシチュエーションで眼を閉じたわけ？　亡くなったダンナに抱かれているところを想像しようとして、俺のことを思いだしちゃうっていうのは……」

「そ、それは……」

蒼白《そうはく》だった菜々子の横顔が、一瞬にして朱色に染まった。

（や、やっぱり、そうなのか……）

浩太郎は胸底でつぶやいた。カマをかけてみるつもりだったが、いまのリアクションで予感が確信に変わった。

「オナニーしてたのか？」

「はあ？」

浩太郎の言葉に菜々子は眼を吊りあげたが、浩太郎は追及の手を緩めなかった。

「亡くなったダンナのこと思いだしてオナニーしてて、それがいつの間にか俺に変わっちゃってたって、そういうことなんだろう？」

菜々子は眼を吊りあげたまま息を呑み、浩太郎を睨んでいたが、すぐに顔をそむけた。そむけた顔が、可哀相なくらい赤くなっていた。図星を突いたのは明らかだった。

浩太郎はふうっと溜め息をつき、苦笑した。

「そうか……真面目なクラス委員だった菜々子が、オナニーか……」

「な、なにが悪いのよっ！」

菜々子がやけになったように叫ぶ。

「わ、わたしだって……健康な大人の女なのよ……自分で自分を慰めたくなるときだってあるでしょ……」

さすがに途中で恥ずかしくなったらしく、言葉は後ろに行くほど小さくくぐもり、最後は消えいりそうになった。

浩太郎はポーカーフェイスを装っていたが、ジーパンの下で勃起していた。菜々子が自分の口でそれを認めた瞬間、オナニーしている姿を想像してしまったからである。

淑《しと》やかな三十路の女になった菜々子に、もっとも似合わない行為だった。

けれども、本人がやっているというのだからやっているのだろう。

みずから指を股間に這わせ、後ろめたい罪悪感と裏腹の愉悦を、ひとり淋しくむさぼっているのだろう。

「……見せてくれないか？」

浩太郎は低く声を絞った。

「健康な大人の女が自分で自分を慰めているところ、見せてくれよ」

「なっ……」

真っ赤に染まった菜々子の顔が、凍りついたように固まった。

「なにを言いだすのよ……びっくりした……それ、どういう冗談？」

わざとらしく苦笑しながら言ったが、眼は笑っていない。

「悪いけど、冗談じゃない」

浩太郎は真顔で答えた。

「いまのおまえに必要なのは、自分で自分の殻を破ることなんだよ。俺が押し倒しちゃうことは簡単だけど、それじゃあやっぱりおまえの心から亡くなったダンナは出ていかない。吹っきれよ、自分で。忘れる努力をしてみろよ」

「だ、だからって……」

菜々子はひきつった頬をぴくぴくと震わせた。

「そ、そんな馬鹿なこと、どうして……」

「たしかに馬鹿なことだよな。でも、時にはあえて馬鹿なことをすることも必要なんじゃないか。いまのおまえは余裕がなさすぎる。見ていて息苦しくなるくらいだよ。思いっきり馬鹿馬鹿しいことでもしてみれば、ちょっとは気持ちが軽くなるかもしれないぜ」

半分は本気で言っていたが、残りの半分はふしだらな欲望に後押しされていた。しかし、ふしだらな欲望のせいで、説得も必死だった。菜々子が自慰に耽《ふけ》る姿を見ることができるかもしれないと思うと、めちゃくちゃな理屈を真顔で並べられた。

「どうかしてるよ、浩太郎くん……」

菜々子がすっくと立ちあがった。流しの下から日本酒の一升瓶を取りだし、コップに注《つ》ぐと、白い喉を見せて二杯立てつづけに飲み干した。

(す、すげえな……)

淑やかに見えても、さすが下町の娘である。気《き》っ風《ぷ》のいい飲みっぷりだ。

「俺にもくれ……」

気圧《けお》されてなるものかと、浩太郎は声をあげた。

菜々子がふたつのコップになみなみと酒を注いで戻ってくる。

乾杯もせずに飲んだ。

窓からは午後の陽射しが差しこみ、居間はまぶしいくらいに明るかった。

昼酒のせいか、ふたりの間に漂う緊張感のせいか、一気に酒がまわっていく。

菜々子も同様らしく、三杯目を飲み干すと、眼が据《す》わった。

「……わかったわよ」

気怠《けだる》げに浩太郎を睨みながら、低くつぶやく。

「馬鹿馬鹿しいけど……浩太郎くんがそんなに言うなら……やってみせましょうか」

炬燵《こたつ》の上にコップを置くと、もう疲れたという表情で、正座していた脚を崩して横座りになった。ただそれだけで、居間の空気がじっとりと湿ったような気がした。哀しげに折れた細首から、三十路の未亡人のしたたるような色香が漂ってくる。

「それがいい……」

浩太郎は酒くさい息を吐きだした。

「喪服を着たまま、やれよ……俺、見ててやるから……最後まで見ててやるから……」

「ホント……馬鹿みたい……」

菜々子は唇を噛みしめつつ、右手を着物の裾に伸ばしていく。どうやら決意は本物のようだった。固唾《かたず》を呑んで浩太郎が見守るなか、裾をまくった。黒い着物から現われた白い足袋《たび》とふくらはぎが、ぞっとするほど妖しかった。

（雅美が黄八丈をまくったときも興奮したけど、喪服は……）

弔いの衣装であるだけに、そこからのぞいた白い素肌には、タブーを犯しているような、異様な興奮に駆りたてられてしまう。

両膝が現われ、むっちりした太腿まで露わになった。

下着は着けていないようだった。

菜々子は太腿のつけ根が見えるぎりぎりまで着物の裾をまくりあげると、両脚の間に右手を忍びこませた。せつなげに眉根を寄せ、半開きになった紅唇をわななかせて、声にならない声をあげる。

「待てよ」

浩太郎は遮った。

菜々子の表情の変化から、指が陰部に届いたことは明らかだった。しかし、その様子をこの眼でしっかりと確かめたい。

「もっとちゃんと見せてくれないか……」

浩太郎の言葉に、菜々子の清楚な美貌がくしゃくしゃになる。

「おまえだって、吹っきりたいんだろう？　過去は過去として胸の奥にしまって、未来を見て生きていきたいんだろう？」

「そ、それはそうだけど……でも……でも……」

頭では浩太郎の言葉が理解できても、体が動かないらしい。

浩太郎は待った。

菜々子の決意が固まるのを、静かに息をひそめて待ちつづけた。

「わたし……」

やがて、菜々子が口を開いた。

「こんな明るいところで……あの人にだって……見せたこと、ないんだから……」

蚊《か》の鳴くような声で言い、ゆっくりと両膝を立てた。ミルクを溶かしこんだように白い両脚を、左右に開いていった。喪服の裾をずりあげて、大胆なM字開脚になる。

「くぅぅうっ……くぅぅううっ……」

羞じらいにうめきながら、つけ根を隠していた手をどけた。

綺麗な小判形に生え揃った草むらと、咲き誇る女の花が露わになる。

（うおおおおおーっ！）

浩太郎は眼を見開き、息を呑んだ。

ようやく拝むことができた菜々子の花は、三十路の女とは思えぬほどに清楚だった。

手入れをしている様子もないのに、まわりにまったく繊毛が生えていない。アーモンドピンクの花びらが剝きだしの状態で、隠すものがなにもないのだ。花びらはふっくらと厚みがあり、口を合わせた様子が慎ましやかだ。

ヴィーナスの丘に茂った草むらは、濃すぎず薄すぎず絶妙な生え具合で、縦長の小判形が麗しい。

「も、もっとよく見せてくれ……」

浩太郎は身を乗りだした。いつの間にか四つん這いになって、M字に開かれた菜々子の両脚の間を鼻息荒くのぞきこんでいた。

「も、もっとって？」

菜々子がいまにも泣きそうな顔で訊ねてくる。

「指で開いて……奥まで……」

「えええっ……」

恥辱に歪んでいた顔がさらに歪んだ。

「いいだろ？　どうせここまでやったんだ。徹底的に恥をかいてみろよ」

「くっ……」

菜々子は顔をそむけて、右手をM字開脚の中心に伸ばしていった。浩太郎の言葉に説得されたというより、抗《あらが》うことが面倒な様子だった。喪服をまくって女の恥部をさらした状態で、口論しても始まらないと思ったのだろう。

菜々子の指が、アーモンドピンクの花びらの両脇に添えられた。人差し指と中指で、ぐいっと逆Vサインをつくると、その指の間から、つやつやと妖しく輝く薄桃色の粘膜がこぼれだした。

「こ、これでいい？」

息をはずませながら、訊ねてくる。逆Vサインをつくった指を震わせながら、三十路の女とは思えないほど透明感のある粘膜を見せつけてくる。

「綺麗だ……」

浩太郎は思わずつぶやいた。

「とっても綺麗だよ、菜々子……」

「綺麗なんかじゃない……」

菜々子は唇を嚙みしめる。

「わたしは綺麗な女じゃない……あの人が亡くなってから……ひとり寝が淋しくて、いつも自分で慰めて……最低な、いやらしい女……くぅううーっ！」

本音を吐露するとともに、逆Vサインの指を閉じ、中指一本で女の割れ目をまさぐりはじめた。自己嫌悪をぶつけるように、くにゃくにゃした肉をいじりたて、刺激に腰をよじらせる。

「おまえの亡くなったダンナさんが、本当にうらやましいよ……」

浩太郎はついに始まった菜々子のオナニーに見入った。

「死んでもそうやって思われてたなんて、男冥利《みょうり》に尽きるってやつだ……」

「でも……」

菜々子の中指が花びらをめくりあげ、割れ目の奥に沈んでいく。指の刺激を受けた薄桃色の粘膜が、ねっとりと潤ってくる。

「浩太郎くんに抱かれそうになってからは……あなたの……あなたのことばっかり考えて……あぁあああああーっ！」

指が敏感な部分をとらえたらしく、菜々子はびくんっと総身をのけぞらせた。

「嬉しいよ」

浩太郎は熱っぽくささやいた。

「すごく嬉しい」

「はぁああっ……あぁああああああーっ！」

菜々子はみずからの指の刺激に耐えられなくなり、仰向けに倒れた。M字に立てた両脚をぶるぶると震わせ、足袋を履いた足指を折って畳を掻き毟《むし》る。

指が動く。

菜々子の意志ではなく、まるでそれ自体が意志のある生物のように割れ目の上を這いまわり、あふれ出た粘液をアーモンドピンクの花びらにまぶしていく。

肉の合わせ目にもぐっては、てらてらした光沢をまとって出てくる。

肉厚の花びらに埋まっている女の急所を、包皮の上からねちねちと撫でさする。

「くぅうっ……くぅううううーっ！」

菜々子はのけぞって首に筋を浮きあがらせた。

いやらしすぎる光景だった。

これ以上ない恥辱の場面をさらしていることから逃れるように、菜々子はきつく瞼を閉じ、指の悦楽に溺《おぼ》れていく。それでも、視線を意識することから逃れることはできないようで、時折薄眼を開け、泣きそうに顔を歪ませる。

（す、すげえ、濡れ方だ……）

中指でいじり抜かれた花びらはすでにぱっくりと口を開き、薄桃色の肉層を露わにしていた。そこからとめどもなくあふれる粘液は最初、透明に澄んでいたけれど、やがて白濁した本気汁も滲《にじ》ませ、清楚な女の花にまとわりついた。

「ああっ、だめっ……」

菜々子が狂おしい表情でのけぞった。

「いっ、いくっ……いっちゃうっ……」

半開きの唇から食いしばった白い歯列をのぞかせて、総身を弓なりに反らせていく。M字に開いた両脚の中心で中指をしたたかに動かして、濡れた割れ目とクリトリスをねちっこく刺激する。

「ああっ、いくっ……いくっ……くぅうううう－っ！」

ブリッジするように持ちあがっていた腰が、びくんっ、びくんっ、と跳ねあがり、そのまま硬直した。

（いってる……本当にいってる……）

あられもなくゆき果てる菜々子を、浩太郎は瞬きも忘れて凝視した。喪服をまくりあげて股間をさらし、みずから陰部を指でいじっている様子は卑猥としか言い様がないのに、身震いを誘うほど美しかった。神々《こうごう》しいと言ってもいいくらいだ。

「ああぁっ……はぁあああっ……」

菜々子は喪服に包まれた四肢を小刻みに震わせて恍惚《こうこつ》をむさぼり、やがてブリッジしていた体を崩して畳の上に倒れこんだ。

4

アクメに達した菜々子は、余韻の痙攣《けいれん》が去っていくと脚を閉じ、浩太郎に背中を向けて、海老《えび》のように体を丸めた。

「……軽蔑《けいべつ》した？」

息をはずませながらつぶやく。

「わたし、ホントになにやってるんだろう……こんな格好で……ホント最低……わたしって、最低の女……」

「最低なもんか……」

浩太郎は菜々子の背後に横たわり、後ろから抱きしめた。自慰で果てたばかりのせいだろう。菜々子の体からは普通ではない、甘ったるいフェロモンが漂ってきた。

「だいたい、やってくれって頼んだのは俺なんだし……」

「あんっ！」

うなじにキスをすると、腕のなかで菜々子が跳ねた。声も反応も大仰だった。どうやら、体中が敏感になっているようだ。

「おまえ、オナニーばっかりしてたってことは、ダンナが死んでから男に抱かれてないってことだろ？」

「あ、あたりまえじゃないっ！」

菜々子は顔をそむけたまま声を張った。

浩太郎の胸は熱くなった。夫を失った途端に男漁《あさ》りを始める女より、後ろめたいオナニーに身を焦がしている女のほうが、いいに決まっている。勝手な思いこみかもしれないけれど、菜々子がオナニー派の未亡人であってくれてよかった。

（よーし、今度こそ完全に吹っきってやるからな……）

浩太郎は菜々子のウエストにまわしていた手を、そろそろと上に移動させていった。喪服に包まれた胸のふくらみを、慈しむように揉みしだく。

「抱いていいよな？」

桜色に染まった耳にささやいた。

「亡くなったダンナさんのこと、無理に忘れろなんてもう言わない。菜々子が好きだったその男ごと、俺のものになってくれ」

投入するチャンスをうかがっていた、必殺の決め台詞だった。本当はきっぱり忘れてほしかったけれど、繊細な菜々子には、逃げ道が必要なのだ。そうしてやったほうが、新しい一歩を踏みだすことに積極的になってくれるだろう。

「ああっ、浩太郎くんっ……あああああっ……」

喪服の上からふくらみをしたたかに揉みしだくと、菜々子は身をよじってあえいだ。浩太郎の問いかけに対する、肯定も否定もなかった。抵抗もしない。ただ一心に乳房への愛撫を受けとめ、喜悦を嚙みしめるように悶えている。

「菜々子っ！」

浩太郎は上体を起こし、菜々子に馬乗りになった。唇を重ね、舌をからめあいながら、着物の襟を開いた。作法どおりにブラジャーを着用してなかったので、豊満なふくらみがいきなりこぼれ、情熱的な赤い色をした乳首が浩太郎の眼を射た。

「菜々子っ……菜々子っ……」

うわごとのように言いながら、もっちりした乳肉に指を食いこませる。女体を焦《じ》らす余裕もなく、乳首に吸いついていく。オナニーに果てる艶姿を見せつけられたときから浩太郎の欲望ははちきれんばかりにふくらんで、いまにも暴発してしまいそうだった。

「あああっ……はぁあああっ……」

ちゅうちゅうと音をたてて乳首を吸うと、菜々子は激しく悶えて浩太郎の頭を抱きしめた。必然的に浩太郎の顔は豊満な乳肉に沈み、まともに息ができなくなる。それでも浩太郎は、懸命に乳肉を揉みしだき、乳首を吸った。口のなかで硬くなっていく赤い乳首を、飴玉《あめだま》のように舐めしゃぶった。

たまらなかった。

遥江の砲弾状に迫《せ》りだした巨乳も、雅美の弾力に富んだゴム鞠《まり》のような乳房もよかったけれど、菜々子の乳房にはかなわない。なにしろ、夢で見るほどの理想の乳房なのだ。もっちりした乳肉の揉み心地も、グミのような乳首の舐め心地も、我を忘れるくらいに興奮をそそってくる。

だが、いつまでも胸にとどまっているわけにはいかなかった。

眼の裏には、先ほど見せつけられた薄桃色の粘膜がくっきりと焼きついている。体の位置をずらし、菜々子の脚のほうに向かった。着物の裾に手を忍ばせ、むっちりした太腿を左右に割りひろげた。

「あああぁっ……」

羞じらいに歪んだ悲鳴とともに、菜々子の女の花が咲いた。

つくりは清楚だったけれど、たたずまいはいやらしい。アーモンドピンクの花びらはもちろん、内腿やアナルのあたりまでねとねとに濡れ光っている。むっと湿った女の匂いが、浩太郎の鼻先で妖しく揺らめく。

「……ぐっしょりじゃないか」

　思わず言葉がもれた。

「オナニーでいったせいか、それとも……」

「言わないでっ！」

　菜々子が赤く染まった顔を左右に振る。顔はおろか、耳から首筋、胸元まで生々しい淫ら色に染まっている。

「むううっ……」

　浩太郎は菜々子の股間に顔を近づけ、花びらに口づけた。しとどに濡れたくにゃくにゃの花びらは、この世のものとは思えないほど卑猥な感触がして、キスしただけで激しく動悸が乱れだす。

　割れ目に沿って、下から上に舌を這わせた。

　先ほどオナニーでいじり抜いた影響もあるのだろう。いったん閉じあわさっていた左右の花びらは簡単にほつれ、熱い粘液をあふれさせた。

　浩太郎は親指と人差し指を使い、女の割れ目を輪ゴムをひろげるようにくつろげた。曖昧に渦を巻く薄桃色の肉層を、奥の奥までむさぼり眺めた。

「そ、そんなに見ないでっ……」

菜々子がちぎれるような声をあげたが、見ないわけにいくはずがなかった。浩太郎はひときわ両眼をたぎらせて菜々子の恥ずかしい肉を凝視しながら、舌を伸ばした。ところどころに浮きあがった白濁の本気汁をすくいとるように、ねちっこく舐めまわしてやる。

「くぅううっ……はぁあああっ……あぁあああっ……」

浩太郎が大胆に舌を使いはじめると、菜々子の呼吸はみるみる切迫していった。

だが、まだ余裕はあるはずだった。

女の急所を責めていないからだ。

先ほど自分で自分を慰めるとき、菜々子がクリトリスを中心に刺激を与えていたことを、浩太郎は見逃していなかった。

唇を尖らせた。

そのままクリトリスに押しつけ、包皮ごとちゅうっと吸った。

「はっ、はぁうううううーっ！」

菜々子が甲高い悲鳴をあげ、総身をのけぞらせる。宙に浮いた白い足袋が、喜悦をこらえるように内側に折れ曲がっていく。

予想どおりの反応だった。

夫を亡くして三年、セックスから遠ざかりオナニーしかしていなかったせいで、クリトリスの感度が高まったのだろう。

（こんなことしたら、どうなっちゃうんだろうな……）

浩太郎は人差し指でクリトリスの包皮をぺろりとめくり、頭を出した半透明の真珠肉に舌先を近づけた。恥丘に生えた草むらを鼻息で揺らめかせながら、ねちりと舐めた。

「はっ、はぁおおおおおおおーっ！」

ひときわ獣じみた悲鳴をあげて、菜々子が悶絶する。

その反応は予想を超えていた。

さらにしつこくねちねちと舐め転がすと、菜々子は刺激に耐えられなくなり、手脚をバタつかせて暴れだした。M字開脚で押さえこまれている体勢を強引に崩して、愛撫から逃れてしまう。

ところが、逃れた先には襖《ふすま》があった。

「ああっ、いやあああーっ……」

悲鳴をあげて跳ねあがった菜々子と、それを追いかけた浩太郎は、勢い余って襖にぶつかり、向こうの部屋に倒してしまった。

「……だ、大丈夫か」

浩太郎は苦笑した。

「ごめん、あんまり暴れるもんだから……」

菜々子は笑っていなかった。浩太郎のほうを見てもいない。

隣は仏間として使われている六畳間だった。襖がはずれたことで、仏壇とそこに飾られた亡夫の遺影が菜々子の視線をつかまえてしまったのだ。

「おい……」

浩太郎は桃色に上気した菜々子の頬を手のひらで包んだ。こちらに顔を向けようとしたが、菜々子は動かない。せつなげに眉根を寄せた顔で、仏壇の遺影を見つめている。

(まいったな……)

せっかくうまくいきかけていたのに、思わぬ邪魔が入ったものだ。これでまた、一からやり直しになってしまうのだろうか。

「ねえ、浩太郎くん……」

菜々子が遠い眼で遺影を見ながらささやく。

「続き、こっちの部屋でしよう」

「えっ……」

浩太郎は虚を突かれ、すぐには言葉を返せなかった。

炬燵が置かれた居間に比べ、その六畳間は簞笥《たんす》がひとさおあるだけなので、たしかにスペースは広い。しかし、菜々子が遺影のある部屋で事に及びたい理由は、スペースの問題ではないだろう。

「無理するなよ……」

浩太郎は溜め息まじりにつぶやいた。

「なにもわざわざ仏壇がある部屋でしなくても……」

「根性なし」

菜々子が遮って睨んでくる。

「あの人のこと吹っきるためとかなんとか言って、人に恥ずかしいことさせといて、自分はあの人の前じゃわたしのこと抱けないの？」

強気の言葉とは裏腹に、菜々子の眉間《みけん》には痛々しいほど深い縦皺《たてじわ》が刻まれ、泣きだす寸前の少女のようだった。

「そ、そういうわけじゃないけど……」

「わたしを抱きたいんでしょう？」

「……ああ」

「あの人ごと、自分のものにしたいんでしょ？」

「そうだけど……」

「じゃあ来て」

腕を取られ、部屋に引っ張りこまれる。雨戸が閉められた暗い部屋は黴《かび》くさく、日陰の匂いがした。

「お、おいっ……」

浩太郎は焦った。部屋に入るなり、菜々子が足元にしゃがみこみ、ベルトをはずしだしたからだ。

焦っても、抵抗はできなかった。金縛りに遭ったように体は動かず、なすがままにベルトをはずされ、ブリーフごとジーパンをおろされてしまう。半勃ちに萎《な》えてしまった肉茎が、菜々子の眼にさらされる。

「今度はわたしの番ね……」

菜々子は決意を固めるように大きく息を呑み、紅色《べに》に濡れた唇をひろげた。喪服に身を包んでいるだけに、紅唇が描くOの字が、たまらなく艶めかしい。

舌が差しだされると、表情はさらに卑猥な色に染まった。

菜々子は口を開き、大きく舌を出したまま、ペニスに顔を近づけてきた。上目遣いで浩太郎を見つめながら、すっぽりと亀頭を口に含んだ。

「むうう……」

浩太郎はまだ動けなかった。金縛りに遭った五体のなかで、生温かい口内粘膜に包まれた分身だけが、熱気を取り戻していく。半勃ちに萎えていたはずなのに、瞬時にしてみなぎりを回復し、菜々子の小さな口を埋め尽くしてしまう。

5

「うんっ……うんぐぐっ……」

菜々子の唇がスライドされる。ぷっくりと血管が浮きあがるほど張りつめた肉竿《にくざお》の上を、唾液で濡らしながらすべっていく。

（あの菜々子が、こんな……）

浩太郎は自分の分身を咥《くわ》えこんでいる菜々子の顔を眺めながら、全身の血が沸騰していくのを感じた。信じられなかった。三十路の未亡人がフェラチオをすることくらい、当たり前のことかもしれない。しかし、菜々子には口腔奉仕のような淫らなプレイを拒みそうな潔癖な雰囲気があったのだ。

「うんんっ……うんんんっ……」

菜々子が唇をスライドさせながら、上目遣いで見つめてくる。せつなげに眉根を寄せた表情で、視線をからめあわせてくる。

浩太郎を見つめている視線は、もうひとつあった。

仏壇で笑っている菜々子の亡夫だ。生前会ったこともないのに、遺影から伸びてくる視線がやけに生々しく感じられ、意識せずにはいられない。

そのことが、なぜだかひどく興奮を誘った。全身の細胞が、奮い立たなければならないことを自覚しているような感じだった。この場所で情事に溺れ、どこまでも淫らに欲望をむさぼることが、彼の望むところのような気もした。同じことを菜々子が求めていることも間違いなかった。

「た、たまらないよ……」

浩太郎は菜々子の頭に手を伸ばし、アップでまとめられた黒髪を撫でた。ヘアスプレーで固められた髪は絹のような手触りではなかったけれど、かわりに剝きだしの耳を愛撫することができた。くすぐるように撫でてやると、

「うんぐっ……ぐぐっ……」

菜々子は鼻奥で悶え、唇をスライドさせるピッチをあげた。耳への愛撫に悶えながら、頬を限界までへこませ、じゅぶっ、じゅぶぶっ、とはしたない音をたてて、男の欲望器官を吸いたててきた。

（ま、まずい……）

このままでは一方的に射精に導かれてしまいそうな予感がして、

「俺にもさせてくれ……」

浩太郎は両手で菜々子の頭をつかみ、口唇からペニスを抜き去った。上気した顔に戸惑いを浮かべる菜々子の体を畳に横たえ、シックスナインの体勢にうながしていく。

「ほら、俺の顔をまたいでくれよ」

「ううっ……恥ずかしい……」

菜々子は羞恥に身をすくめつつも、喪服の裾をまくり、片脚をあげて浩太郎の顔をまたいできた。黒い着物から剝きだされた豊満な白いヒップが、獣の匂いを振りまきながら迫ってくる。

「むううっ……」

浩太郎は眼尻が切れそうなほど眼を見開き、眼前に迫った女の割れ目を凝視した。何度見ても、綺麗な女の花だった。ほつれた花びらの間からのぞく薄桃色の粘膜は、濡れるほどに透明感を増し、色艶が清らかになっていく。

「全部見えてるぞ……」

ふうっと息を吐きかけると、薄桃色の粘膜がひくひくと震えた。

「菜々子の恥ずかしいところ、全部見えてる……全部、俺のものだ……」

菜々子だけに言ったのではなかった。菜々子にもそのことが伝わったらしく、

「くぅううっ……」

絞りだすような痛切なうめき声を返してくる。

浩太郎は両手で尻の双丘をつかむと、ぐいっと桃割れを左右にひろげ、舌を伸ばした。愛撫を誘うように息づいている薄桃色の粘膜を、ねとりと舐めあげてやる。

「んんんっ……あああっ……」

敏感な粘膜にざらついた男の舌を感じ、菜々子が声をあげる。

だが次の瞬間、今度は浩太郎が声をあげそうになった。

分身の根元に細指がからみつき、しこしことこすられたからだ。そうしつつ、先走り液の滲む先端を、ちゅうちゅうと吸いたてられたからだ。

「むうっ……むううっ……」

かろうじて声をこらえ、気の遠くなるような快美感を噛みしめる。左右の尻丘をさらにぐいぐいと割りひろげながら、ねちっこく舌を這わせていく。

すると菜々子も、亀頭を舐めまわしはじめた。ぺろり、ぺろり、とアイスクリームを舐めるように、舌を躍らせた。

（むううっ、これならどうだ……）

浩太郎はいったん粘膜から舌を離すと、左手でクリトリスを、右手で割れ目をいじりだした。そうしつつ、可憐にすぼまったセピア色のアナルに、舌を伸ばしていく。無数の皺を伸ばすように、ねちっこく舐めまわしてやる。

「い、いやいやっ……あああああっ……」

女の急所を三点同時に責められた菜々子は、喪服に包まれた肢体を悶絶させた。しかしすぐに、フェラチオを再開する。カリのくびれに舌を這わせながら、根元を指でしごきたてた。さらに、もう一方の手でふぐりをあやしはじめた。舐めながら大量の唾液を漏らしているらしく、すでに分身はぐっしょり濡れて、にちゃにちゃ、ぴちゃぴちゃ、と淫靡《いんび》な音が日陰くさい仏間に響く。

（まったく、負けず嫌いなやつだ……）

浩太郎は分身に訪れる刺激に身をよじりながら、胸底でつぶやいた。

小学校のころの菜々子は本当に負けず嫌いで、クラスの腕白坊主たちを相手にしても一歩も引かない女の子だった。三十路の声を聞き、快楽に溺れているときにもかかわらず、そのころの面影と出会うことができたようで、胸が熱くなっていく。

愛しさがこみあげてくる。

会えてよかった。

田舎者の失業者に東京の風は冷たかったけれど、偶然この町に辿《たど》りつき、菜々子に再会することができた幸運に、感謝せずにはいられない。

「あああっ、もうだめっ！」

菜々子が絶叫し、フェラチオを中断する。片脚をあげて浩太郎の上からおり、ハアハアと肩で息をしながら見つめてくる。

「もう……欲しい……」

唾液で濡れた唇を、指で拭った。フェラチオの激しさを示すように、口紅がすっかり剝げてしまっている。

「浩太郎くんが……欲しい……」

「ああ」

浩太郎はうなずき、上体を起こした。菜々子を畳に押し倒し、両脚の間に腰をすべりこませていく。

「俺も菜々子が欲しい……」

臍《へそ》を叩きそうな勢いで反り返った肉茎を握りしめ、女の割れ目にあてがった。ぷりぷりした肉の厚い花びらの感触に、動悸が乱れきった。

いよいよだった。

いよいよ菜々子とひとつになれるのだ。

首筋のあたりに視線を感じた。

亡夫の視線に違いない。

しかし、仏壇を振り返らずに、

「いくぞ……」

と声を低く絞る。

「ちょ、ちょうだい……」

菜々子が薄眼を開けてうなずいた。どこまでも淑やかな美貌が欲情に赤く染まり、期待と不安にひきつっている。浩太郎同様、仏壇を気にして眼を泳がす。

「……むんっ」

浩太郎は菜々子の迷いを断ち切るように、腰を前に押しだした。はちきれんばかりにふくらんだ亀頭を、女の割れ目にずぶりっと沈めこんでいく。

「んんんっ……あああっ……」

菜々子の眉根がきりきりと寄っていく。結合の衝撃に身をよじりながら、浩太郎に両手を伸ばしてくる。

浩太郎は上体を覆い被《かぶ》せ、悶える菜々子を抱きしめた。さらに腰を前に送った。大きくM字に開かれた両脚の中心を、おのが男根でずぶずぶと穿《うが》っていく。

「はっ、はぁおおおおおおおおおおーっ！」

ずんっ、と子宮を突きあげると、菜々子は天井を震わせるほど甲高く、獣じみた悲鳴をあげた。久しぶりに四肢を貫かれた衝撃に、手脚を激しく痙攣させる。

「むっ、むうう……」

浩太郎も、もう少しで声をもらしてしまうところだった。

菜々子の蜜壺はよく濡れていて、挿入に不自由はなかったけれど、狭かった。いつか夢で見たように、驚くほどのきつさで分身を締めつけてきた。

しがみついてくる菜々子の体を離し、上体を起こした。

むっちりした白い太腿をつかんでひろげ、結合部分をのぞきこんだ。

硬くみなぎった男根が、女の割れ目に深々と突き刺さっていた。

「……挿《はい》ってるぞ」

興奮に息をはずませながらささやく。

「菜々子のなかに、俺のものが挿ってる……」

「ああっ……」

菜々子も首を伸ばして、大股開きをした自分の股間をのぞきこむ。

「挿ってる……浩太郎くんのものが、挿ってる……」

涙声で言いながら、手指を伸ばしてくる。めくれあがった花びらとペニスの根元を撫でまわし、深い結合を確かめる。

「これで、もう……わたしは浩太郎くんのものよ……」

「ああ」

「して……」

菜々子の美貌が蕩ける。

「たくさん、して……気持ちよくして……わけがわからなくなっちゃうくらい、めちゃくちゃにして……」

浩太郎はうなずくかわりにもう一度抱きしめた。菜々子の背中に両腕をまわし、喪服ごとしっかりと抱擁して、腰を使いはじめた。

「ああああっ……はぁあああっ……」

軽く抜き差ししただけで、菜々子は喉を反らせてよがりだした。

深く突きあげると、

「はぁおおおおっ……くぅうううーっ！」

驚くほど大きな悲鳴をあげて、四肢をがくがくと震わせた。ずちゅっ、ぐちゅっ、と立ちのぼる肉ずれ音に合わせて、首に筋を立て、歯を食いしばり、ちぎれんばかりに首を振って、こみあげる歓喜を伝えてきた。

摩擦が強いせいだろう。

あまりに狭い蜜壺が、淑やかな三十路の未亡人を淫らな獣へと豹変《ひょうへん》させるのだ。

「むうっ……むううっ……」

浩太郎の鼻息もみるみる荒くなっていった。

あまりに狭い蜜壺はまた、男にもすさまじい快感を覚えさせた。

狭いくせによく濡れて、ぬるぬるにすべる感触は、かつてない悦びに満ちて、抜き差しのピッチがあっという間に高まっていく。

(たまらん……たまらんぞ……)

むさぼるように腰を使った。

引き抜くとき、カリのくびれが押しつぶされるほどに食い締められ、じわっと我慢汁が滲みだす。

負けじと突きあげる。女体が浮きあがるほどの勢いで連打を放ち、自分のものとは思えないほど長大にみなぎった分身で、こりこりした子宮を押しあげる。

「ああっ、いいっ！　いいよ、浩太郎くんっ！」

菜々子が腕のなかで暴れだす。みずから全身を揺さぶり、腰をひねって浩太郎のストロークを受けとめる。ただでさえキッキッの結合感が、お互いの腰振りでさらに刺激が増していく。

浩太郎の頭のなかは、真っ白になっていった。

忘我の境地で快楽をむさぼり、欲望の修羅と化していく。

畳についた膝がすりむけてしまいそうだが、かまっていられなかった。

繰りかえされる律動の果てにある大爆発に向けて、一心不乱に腰を振りたてる。

「だめよっ……ねえ、だめっ……」

菜々子が切羽つまった声をあげた。

「そんなにしたらっ……そんなにしたら、わたしっ……」

ささやく額には薄っすらと汗が浮かんで、表情は欲情に蕩けきっている。両脚の間に咥えこんでいる男根に、翻弄《ほんろう》され尽くしている。

「いいぞ、いって……」

浩太郎は体中の神経を分身に集中させた。鋼鉄のように硬くなった欲望器官を、フルピッチで出し入れし、狭すぎる蜜壺を深々と貫く。

「いくんだっ……いくんだ、菜々子っ！　むううっ……」

「はっ、はぁあああああーっ！」

菜々子の口からはもう、意味のある言葉は出てこなかった。絶え間なく送りこまれる律動の海に溺れ、愉悦をむさぼるだけの獣の牝になる。

「はぁあああっ……だめっ……いっちゃうっ……だめだめだめっ……いっ、いくっ！　いくぅうううううーっ！」

声を裏返し、総身をのけぞらせて、恍惚の階段を駆けあがっていく。

浩太郎の背中にきつく爪をくいこませ、あられもない悲鳴を撒《ま》き散らす。

そして限界までのけぞった次の瞬間、びくんっ、びくんっ、と歓喜の極みにゆき果てた。

ひいひいと喉を鳴らし、五体の肉という肉を痙攣させた。

コントロールの利かなくなった体の中心で、男根を咥えこんでいる蜜壺だけがぎゅうぎゅうと収縮を繰りかえし、男の精を搾りとろうとする。

「むううっ……」

あまりに痛烈な食い締めに浩太郎も限界に追いこまれ、フィニッシュの連打を送りこんだ。

「むううっ……出すぞっ……出すぞっ……おおおうううううーっ！」

野太い雄叫《おたけ》びをあげて、最後の楔《くさび》を打ちこんでいく。腰を反らせ、煮えたぎる欲望のエキスを、どくんっ、と勢いよく噴射させる。

「はっ、はぁうううううううううーっ！」

射精の発作で暴れまわるペニスが、ゆき果てた菜々子の口からさらなる悲鳴を絞りとる。体の内側に氾濫《はんらん》する灼熱《しゃくねつ》の精が、女体をどこまでも高く昇りつめさせ、淫らな獣の牝へと堕《お》としていく。

「おおうっ……おおうっ……」

浩太郎は声をもらすことを禁じ得ぬまま、長々と射精を続けた。アクメに達して食い締めを増した蜜壺は、一度の発作ごとに痺れるような快感を運んできた。それをとことんまで味わいたくて、射精しながらもしつこく腰を使ってしまう。

やがて、最後の一滴を漏らしおえた。

全身から力が抜け、菜々子の上からおりることができなかった。分身だけはすべてを放出してもなお硬くみなぎりを保ち、女体を貫いている。

動けないのは菜々子も同様のようだった。眼を合わせることもできないまま、お互いの体にしがみついて、乱れきった呼吸を整えた。

「……さよなら」

菜々子がかすれた声でつぶやいた。

「……さよなら、あなた」

仏壇の遺影に向けられた言葉だった。

浩太郎は聞こえなかったふりをした。いま菜々子と眼を見合わせてしまえば、感極まって涙が出てきそうだった。それはちょっと格好悪すぎると、アクメの余韻に震えている女体を、無言でぎゅっと抱きしめた。

エピローグ

春が来た。

浩太郎が『花の湯』に来てから初めての春だった。初めての、とあえて断りを入れたのは、来年も再来年もその次の春も、おそらくこの場所で迎えるだろう、という意味においてである。

「まったく、桜は満開なのに墨堤《ぼくてい》にも行かないでこんなところで商売してるたあ、俺もつくづく人がいいぜ」

玄関前に出した甘酒の屋台のなかで、雅美が悪態をつく。銭湯を開けたばかりの午後四時すぎ。いつものように、黒いダボシャツに袢纏姿で、粋に雪駄を履いている。

「すいませんね……」

浩太郎は苦笑して頭をかいた。

「花見のシーズンくらい休んでもらいたいのは山々なんですけど……ほら、週末に屋台が出ることが定着しちゃったから、楽しみにしているお客さんもたくさんいて……」

「冗談だよ、冗談」

雅美が紙コップに入れた甘酒を渡してくる。

「よかったな。親父さん、退院できて」

「ええ……」

浩太郎はうなずき、甘酒を受けとった。雅美が自分にも甘酒を注いだので、乾杯した。

退院祝いの乾杯だ。

菜々子の父親は、昨日無事に帰ってきた。ひと月ほどの静養が必要なようだが、顔色もよく、食欲もあるようなので、浩太郎と菜々子はひとまず安心していた。

「それから……」

雅美がもう一度、甘酒の紙コップを向けてくる。

「もう一回乾杯だろ？」

「えっ、なにに？」

「しらっばっくれやがって……」

雅美が片眉を吊りあげて睨んでくる。

「うまくいったんだろ、銭湯の娘と」

「あ、いや……」

　浩太郎はしどろもどろになった。雅美にはいずれきちんと話そうと思っていたのだが、向こうから指摘されてしまってバツが悪い。

「よ、よくわかりましたね？」

「わかるに決まってんじゃねえか。あんたはいつ見てもにやにやしてるし、彼女のほうは腰のあたりに充実感漂わせてるし」

「ま、まいったなあ……」

　照れ隠しに甘酒を一気飲みすると、激しくむせて咳《せ》きこんだ。

「馬鹿だねえ、熱いだろ」

　雅美が楽しげに笑いたてる。

「で、所帯もつのかよ？」

「いちおう、そのつもりです」

　浩太郎はうなずいた。言葉では確認していないが、菜々子もそのつもりでいてくれているはずだ。親父さんには、入院中に一度、挨拶《あいさつ》に行った。付き合っていることを報告すると、親父さんは顔をくしゃくしゃにして笑った。未亡人になって塞《ふさ》ぎこんでいた菜々子のことを、実の父親がいちばん心配していたのだろう。

「番台さんっ！」

後ろから声をかけられ、振り返ると、遥江が立っていた。片手にマイ桶《おけ》を持ち、もう片方の手を綾香と繋いでいる。

「ど、どうしたんですか、珍しい……」

ふたりに会うのは、ひと月ぶりくらいだった。遥江に「恋人ができた」といけない関係を告白されて以来、連絡もしていない。

「あったかくなってきたから、散歩がてらに足を延ばしたの」

遥江が微笑《ほほえ》む。

「わたしやっぱり、ここのお風呂大好きだし」

「そうか、大歓迎だけど……」

浩太郎が曖昧に微笑み返すと、遥江は淫靡な笑みを浮かべて耳打ちしてきた。

「ほら、考えてみたら銭湯ってビアンにとっては天国みたいなものじゃない？」

「ビアン？」

「レズビアンよ」

遥江は声をひそめてささやいた。

「だから、綾香もきっとはまると思うわ。銭湯めぐりに」

「な、なるほど……」

笑顔をこわばらせた浩太郎を残して、ふたりは『花の湯』に入っていった。どうやら遥江は、すっかり同性愛の世界にはまってしまったらしい。

「なんだい、ありゃあ？　女同士で手なんか繋いで、気持ち悪い」

雅美が訝《いぶか》しげに眉をひそめる。

「さあ、世の中にはいろんな人がいますから……」

浩太郎は苦笑して首をひねり、

「それより、親分どこに行っちゃったんですか？」

「ん？　さっきまでそのへんにいたぜ……」

雅美は並んだ屋台をざっと見やり、

「もしかすると、先に帰っちゃったのかもしれないな。この時期、いろんなところで商売してるから、顔出しにいったのかもわかんないし」

「そうですか。忙しいところ来てもらったお礼を言おうと思ってたんですけど……」

「いいよ、いいよ、そんなこたあ気にしないで」

「それじゃあ、雅美さんからよろしく言っておいてください……」

空になった甘酒の紙コップをゴミ箱に捨て、踵《きびす》を返そうとすると、

「結婚式には呼んでくれよな」

雅美が言った。

「俺、着飾って駆けつけちゃうからさ」

浩太郎は笑顔でうなずき、裏口のほうから銭湯に戻った。

ボイラー室の隣の四畳半に寝っ転がり、天井を見上げる。

（しかし、暇だ……）

番台の仕事を菜々子に任せているので、浩太郎は営業中の時間をすっかり持てあますようになってしまった。ボイラーの管理といっても営業中はほとんどすることがなく、終日この部屋で待機しているという有様なのだ。

もちろん、浩太郎のほうから番台の仕事を任せてしまったわけではない。菜々子にとりあげられてしまったというのが、実のところ正確ないきさつだ。

いい歳をした男が使う言葉ではないけれど、ふたりはいま「ラブラブ」な状態だった。喪服の彼女と契りを結んで以来、毎晩のように体を重ねあわせている。浩太郎は理想の女体にどこまでも深く溺れ、夫を亡くして以来セックスから遠ざかっていた菜々子も、日に日にオルガスムスの激しさを増している。さすがに母屋の親父さんの前ではお互いに涼しい顔をしているが、この四畳半でふたりきりになると、べたべた、いちゃいちゃ、他人が見たら胸焼けするような甘ったるい時間を過ごしているのだ。

　そんなわけなので、

「浩太郎くんが番台に座って、他の女の裸を見るのは我慢できない」

　と菜々子が言いだしたのも、自然といえば自然な流れだった。

「でもさあ、いまどき銭湯に来るのなんて、ばあさんかおばさんばっかりじゃないか」

　浩太郎は抵抗した。ごく稀《まれ》にではあるが、それ以外の若い女もやってくるので、番台の役得を手放してしまうのが惜しかった。

「それはそうだけど……」

「じゃあいいだろ、べつに。気にするなよ」

「つまり浩太郎くんは、わたし以外の女の裸もたくさん見たいって、そういうこと？」

「そうじゃないけど……番台に座って世間話をするのがつらいって言ったのは、そっちじゃないか」

　浩太郎はしつこく食いさがったけれど、食いさがれば食いさがるほど菜々子の機嫌が悪くなっていったので、結局彼女に任せるしかなくなった。番台を交替した日には、ボイラー室ののぞき穴まで、しっかりと塞がれていた。

（ちくしょう。せっかく銭湯の住人になったっていうのに、女湯がのぞけないんじゃ楽しさも半減じゃないかよ……)

菜々子のことは、もちろん愛している。浮気だって、たぶんしないと思う。だが、女湯くらいはのぞきたかった。将来を下町の銭湯に捧《ささ》げた男の、ささやかすぎる願いだった。いや、ここが職場である以上、それくらい当然の権利ではないのだろうか。

(いまごろ、遥江と綾香は風呂に入ってるんだろうな……)

尻のあたりがむずむずしてくる。先ほど玄関前で会ったふたりのことが頭から離れない。あれほどの上玉がふたり揃うことなど、滅多にないのだ。

「……そうだっ!」

名案が閃《ひらめ》いて、はじかれたように立ちあがった。番台やボイラー室ののぞき穴に比べればいささかランクは落ちるものの、他にものぞき場があるではないか。

裏口の木戸を出て、隣家との隙間に入っていった。小学生のころ、のぞきをしていたスポットである。昔もかなり狭く感じたが、大人の体になったいまでは横を向いてぎりぎり通れるほどの幅しかなく、服が汚れてしまいそうだ。

それでも胸を高鳴らせて進んでいった。角を曲がれば、コンクリート塀が女湯側の庭に面している場所に出る。塀はそれほど高くないので、庭越しに脱衣所をのぞくことができるはずである。

（えええっ……）

ところが、にやにやしながら角を曲がった浩太郎を待ち受けていたのは、パンチパーマの人相の悪い男だった。

村田の親分がそこにいたのである。

「な、なにやってるんですか……」

浩太郎が声を震わせると、

「なにって、その……おめえさんこそ、こんなところになにしに来たんだよ？」

「えっ、それは……」

「ははーん、そういうことか……」

親分はにやりと相好《そうごう》を崩し、

「雅美が言ってたけど、おめえさん、菜々子ちゃんときっちり懇《ねんご》ろになったんだろ？　でもそのかわり、番台には座らせてもらえなくなった。『わたし以外の女の裸なんて見ないで』ってな具合によ」

「な、なに言ってるんですか……」

図星を指されて浩太郎が狼狽《うろた》えると、

「おっ」

親分はコンクリート塀に顔をくっつけ、庭の向こうにある脱衣所に視線を向けた。

遥江と綾香が全裸で涼んでいた。遥江の砲弾状に迫りだした双乳も、綾香のお嬢さましからぬ黒々とした草むらも、全部丸見えだ。

「す、すげえな……」

親分がごくりと生唾を呑みこむ。

「俺くらいの歳になると、けっこうなおばさんでも充分興奮できるんだが、若い女はひときわだね……」

「いや、まったく……」

浩太郎はぎらぎらと眼を血走らせてうなずいた。遥江と綾香と神楽《かぐら》殿で3Pをした記憶が、生々しく蘇ってくる。あれは本当に夢のような出来事だった。鶯《うぐいす》の谷渡りでふたりの味比べをしたことを思いだすと、ジーパンの下で分身が痛いくらいに勃起しきった。

「あのう、親分……」

コンクリート塀にしがみつき、女湯に眼を向けたままつぶやく。

「このことは誰にも……」

「わかってるって」

親分も女湯に眼を向けたまま、皆まで言うなというふうにうなずく。

「そのかわり、俺がここからのぞくことも見逃してくれよ」

「わ、わかりました……」

生暖かい春風が、テントを張ったふたりの股間をくすぐるように撫でていく。桜の花びらがひとひら、どこからか風に運ばれてきて、枯れ木と岩ばかりが目立つ『花の湯』の庭にひらひらと舞い落ちていった。

あとがき

浅草・花川戸にある馴染《なじ》みの居酒屋で「今度銭湯を舞台にした小説を書いたんですよ」と言うと、カウンターに並んだ常連客から眉間《みけん》に皺《しわ》を寄せて魚をさばいていた大将まで、いっせいに身を乗りだしてきた。

「モデルはどこだい？」

「浅草なら観音裏の××湯だろう？　立派な破風《はふ》づくりの」

「でもよう、あすこのお湯は熱いったらありゃしねえよな。入ってらんないんだから」

「うっかり水で埋《う》めようもんなら、爺《じい》様に睨《にら》まれちゃってね」

「昔、今戸にあった風呂屋はよかったなあ」

「アタシが好きなのは雷門の近くにある……」

話はあっという間に小説を離れ、銭湯談義が始まった。みな、自宅に風呂がないわけではない。わざわざ入りにいくのだ。下町に住む人間は、かくも銭湯好きなのである。

壁のペンキ絵は富士山に限る。

早い時間に行って大きな湯船を独り占め。

風呂あがりに、腰に手をあてて牛乳を一気飲みするのがたまらない。

こだわりや楽しみ方は人それぞれ。

僕の場合はいささかお恥ずかしい。

銭湯が実に色っぽい場所だからである。

湯上がりでピンク色に頰を火照《ほて》らせ、シャンプーの残り香を漂わせた女の人と、玄関ですれ違うことができる。普通なら一緒に暮らしていなければ見ることのできない無防備な姿を拝むことができて、心がときめく。

だが、その女の人が昔のフォークの名曲『神田川』のように、男と待ちあわせをしていたりすると、ちょっと複雑だ。夫婦やカップルで銭湯にやってきて、身を寄せあって帰るなんて、なんという羨《うらや》ましさだろう。清めた体で、これからしっぽりお楽しみだろうか、などと余計なお世話なことを考えては、にやにやしたりムカッ腹をたてたり。

あるいは、同時に暖簾《のれん》をくぐったのが妙齢の美女だったりしたら、女湯のことが気になっていても立ってもいられなくなる。仏頂面で新聞を読んでいる番台さんに、（おいおい。せっかく役得の最中なのに新聞なんて読んでる場合か！）と必死になってテレパシーを送り、一日の疲れを流しにいって余計に疲れて帰ってきたり。
自分でも馬鹿だなあと思うけれど、銭湯通いはやっぱり楽しい。

ちなみに、本書に出てくる『花の湯』にモデルはない。下町に限らず、いままで入ったことのある銭湯の記憶を集めてつくった架空のお風呂屋さんである。ただ、名前だけは子供のころ家族で通っていた、いまはもうなくなってしまった銭湯から拝借した。本文中にも書いたけれど、少年時代の銭湯の記憶は特別なもので、「番台に座りたい」という夢を抱いたのもその銭湯でのことだったからだ。
番台に座る夢は四十路《よそじ》を迎えたいまでも叶《かな》えられていないが、念願だった銭湯を舞台にした小説を書くことはできた。ご助力いただいた徳間書店編集部に感謝いたします。

二〇〇八年一月　晴れ着で賑《にぎ》わう浅草にて

草凪優

この作品は徳間文庫のために書下されました。

徳間文庫をお楽しみいただけましたでしょうか。どうぞご意見・ご感想をお寄せ下さい。
宛先は、〒105－8055　東京都港区芝大門2－2－1　㈱徳間書店「文庫読者係」です。

徳間文庫

火《ほ》照《て》るんです。

2008年2月15日 初刷

著者 草《くさ》凪《なぎ》 優《ゆう》

発行者 松《まっ》下《した》武《たけ》義《よし》
東京都港区芝大門二―二―二 〒105―8055
発行所 株式会社徳間書店
電話 編集〇三(五四〇三)四三五〇
販売〇四八(四五一)五九六〇
振替 〇〇一四〇―〇―四四三九二
印刷 図書印刷株式会社
製本

〈編集担当 柳久美子〉

ISBN978-4-19-892741-7 (乱丁、落丁本はお取りかえいたします)

徳間書店

月子の指 草凪優
発情期 草凪優
つまみ食い。 草凪優
火照るんです。 草凪優
こだわり地名クイズ 楠原佑介
月に吠えろ！ 鯨統一郎
人狼 今野敏
逆風の街 今野敏
闇の争覇 今野敏
赤い密約 今野敏
黒猫侍 五味康祐
柳生十兵衛八番勝負 五味康祐
兵法柳生新陰流 五味康祐
京都「細雪」殺人事件 木谷恭介
吉野十津川殺人事件 木谷恭介
木曽恋唄殺人事件 木谷恭介
京都木津川殺人事件 木谷恭介
新幹線《のぞみ47号》消失！ 木谷恭介
京都呪い寺殺人事件 木谷恭介

信濃塩の道殺人事件 木谷恭介
長崎キリシタン街道殺人事件 木谷恭介
富良野ラベンダーの丘殺人事件 木谷恭介
京都小町塚殺人事件 木谷恭介
みちのく滝桜殺人事件 木谷恭介
襟裳岬殺人事件 木谷恭介
京都吉田山殺人事件 木谷恭介
淡路いにしえ殺人事件 木谷恭介
舘山寺心中殺人事件 木谷恭介
京都百物語殺人事件 木谷恭介
京都紅葉伝説殺人事件 木谷恭介
西行伝説殺人事件 木谷恭介
安芸いにしえ殺人事件 木谷恭介
函館恋唄殺人事件 木谷恭介
プワゾンの匂う女 小池真理子
殺意の爪 小池真理子
キスより優しい殺人 小池真理子
唐沢家の四本の百合 小池真理子
薔薇の木の下 小池真理子

いとおしい日々 小池真理子（ハナブサ・リュウ（写真））
平壌25時 高英煥 池田菊敏（訳）
宦官 顧蓉 葛金芳 尾鷲卓彦（訳）
「龍」を気取る中国「虎」の威を借る韓国 黄文雄
中国・韓国が死んでも教えない近現代史 黄文雄
日本人が知らない中国人の本性 黄文雄
つけあがるな中国人うろたえるな日本人 黄文雄
朝鮮半島を救った日韓併合 黄文雄
日本人から奪われた国を愛する心 黄文雄
中国の「反日」は終わらない 黄文雄
武術を語る 甲野善紀
ナンバの効用 小森君美
「日中友好」のまぼろし 古森義久
黒を纏う紫 五條瑛
狼の寓話 近藤史恵
「江戸」な生き方 小菅宏
剣鬼啾々 笹沢左保
夕映えに死す 笹沢左保
殺人の単位 斎藤栄

軽井沢−鎌倉殺人回路　斎藤栄
四国殺人遍路　斎藤栄
神々の叛乱　斎藤栄
白秋殺人行 魔性の女　斎藤栄
鎌倉−芦屋殺人紀行　斎藤栄
父と子五十年目の真実　斎藤栄
イエス・キリストの謎〈新装版〉　斎藤栄
湘南太平記　斎藤栄
わざわざの鎖　佐野洋
皮肉な凶器　佐野洋
不逞の輩　佐野洋
沖縄住民虐殺　佐木隆三
忍法かげろう斬り　早乙女貢
妖刀伝奇　早乙女貢
ビジネスマン一日一話　佐高信
嫋々の剣　澤田ふじ子
禁裏御付武士事件簿《神無月の女》　澤田ふじ子
禁裏御付武士事件簿《朝霧の賊》　澤田ふじ子
遠い螢　澤田ふじ子

忠臣蔵悲恋記 新版　澤田ふじ子
真贋控帳 これからの松　澤田ふじ子
冬の刺客　澤田ふじ子
寂野　澤田ふじ子
足引き寺閻魔帳　澤田ふじ子
黒髪の月　澤田ふじ子
将監さまの橋　澤田ふじ子
冬のつばめ　澤田ふじ子
羅城門　澤田ふじ子
天空の橋　澤田ふじ子
女狐の罠　澤田ふじ子
はぐれの刺客　澤田ふじ子
聖護院の仇討　澤田ふじ子
見えない橋　澤田ふじ子
霧の罠　澤田ふじ子
利休啾々　澤田ふじ子
地獄の始末　澤田ふじ子
火宅の坂　澤田ふじ子
閻魔王牒状　澤田ふじ子

女人絵巻　澤田ふじ子
王事の悪徒　澤田ふじ子
宗旦狐　澤田ふじ子
嵐山殺景　澤田ふじ子
海の螢　澤田ふじ子
花籠の櫛　澤田ふじ子
江戸の鼓　澤田ふじ子
悪の梯子　澤田ふじ子
花暦　澤田ふじ子
遍照の海　澤田ふじ子
高札の顔　澤田ふじ子
やがての螢　澤田ふじ子
〈新装版〉死闘！　佐伯泰英
〈新装版〉異心！　佐伯泰英
〈新装版〉抹殺！　佐伯泰英
〈新装版〉停止！　佐伯泰英
古着屋総兵衛影始末 5 熱風！　佐伯泰英
古着屋総兵衛影始末 朱印！　佐伯泰英
古着屋総兵衛影始末 雄飛！　佐伯泰英

徳間書店

古着屋総兵衛影始末 知略！　佐伯泰英
古着屋総兵衛影始末 難破！　佐伯泰英
古着屋総兵衛影始末 交趾！　佐伯泰英
古着屋総兵衛影始末 帰還！　佐伯泰英
ヨハネの首　佐伯泰英
征途《[上]衰亡の国》　佐藤大輔
征途《[中]アイアン・フィスト作戦》　佐藤大輔
征途《[下]ヴィクトリー・ロード》　佐藤大輔
信長新記 [一]本能寺炎上　佐藤大輔
信長新記 [二]天下普請　佐藤大輔
信長新記 [三]家康謀叛　佐藤大輔
対立要因　佐藤大輔
想定状況　佐藤大輔
可能行動　佐藤大輔
平壌クーデター作戦　佐藤大輔
三國志群雄録　坂口和澄
ゲノムの方舟[上]　佐々木敏
ゲノムの方舟[下]　佐々木敏
龍の仮面[上]　佐々木敏

龍の仮面[下]　佐々木敏
ラスコーリニコフの日　佐々木敏
させてあげるわ…　櫻木充
いけないコトする？　櫻木充
お願いします　櫻木充
感じてください　櫻木充
食べられちゃった　櫻木充
だれにも言わない？　櫻木充
いけない姉になりたくて　櫻木充
ももこのトンデモ大冒険　さくらももこ
大江戸猫三昧　澤田瞳子(編)
犬道楽江戸草紙　澤田瞳子(編)
酔うて候　澤田瞳子(編)
妙薬探訪　笹川伸雄＆日刊ゲンダイ「妙薬探訪」取材班
うぽっぽ同心十手綴り　坂岡真
恋文ながし　坂岡真
女殺し坂　坂岡真
凍て雲　坂岡真
藪雨　坂岡真

病み蛍　坂岡真
かじけ鳥　坂岡真
グリズリー　笹本稜平
こりねえ奴　清水一行
裏金　清水一行
遊興費　清水一行
陰の朽木　清水一行
出世運の女　清水一行
餌食　清水一行
血の重層　清水一行
抜擢　清水一行
腐蝕帯　清水一行
頭取室　清水一行
使途不明金　清水一行
葬った首　清水一行
創業家の二人の女　清水一行
別名は〃蝶〃　清水一行
動機　清水一行
動脈列島　清水一行

小説兜町	清水一行
絶対者の自負	清水一行
系列	清水一行
冷血集団	清水一行
相場師	清水一行
勇士の墓	清水一行
女教師	清水一行
器に非ず	清水一行
一瞬の寵児	清水一行
鴨川物語 哀惜 新選組	子母沢寛
狼でもなく	志水辰夫
深夜ふたたび	志水辰夫
夜の分水嶺〈新装版〉	志水辰夫
尋ねて雪か〈新装版〉	志水辰夫
鳴門血風記	白石一郎
風来坊	白石一郎
バスが来ない	清水義範
MONEY	清水義範
アジア赤貧旅行	下川裕治

アジア達人旅行	下川裕治
アジア極楽旅行	下川裕治
バンコク下町暮らし	下川裕治
アジア辺境紀行	下川裕治(編)
アジアほどほど旅行	下川裕治
新・アジア赤貧旅行	下川裕治
アジア国境紀行	下川裕治
沖縄通い婚	下川裕治(編)
私は金正日の「踊り子」だった 上	申英姫 金燦(訳)
私は金正日の「踊り子」だった 下	申英姫 金燦(訳)
炎都	柴田よしき
禍都	柴田よしき
遙都 渾沌出現	柴田よしき
蛇 ジャー 上	柴田よしき
蛇 ジャー 下	柴田よしき
ペット探偵の事件簿	白澤実
火遊び	子母澤類
花と蜜蜂	子母澤類
甘やかな潤い	子母澤類

佐賀のがばいばあちゃん	島田洋七
がばいばあちゃんの笑顔で生きんしゃい!	島田洋七
がばいばあちゃん幸せのトランク	島田洋七
がばいばあちゃんSP かあちゃんに会いたい	島田洋七
カリスマ 上	新堂冬樹
カリスマ 下	新堂冬樹
溝鼠	新堂冬樹
三億を護れ! 上	新堂冬樹
三億を護れ! 下	新堂冬樹
闘う女。	下関崇子
熱球	重松清
史記1 覇者の条件	司馬遷 市川・杉本訳
史記2 乱世の群像	司馬遷 奥平・久米訳
史記3 独裁の虚実	司馬遷 丸山・守屋訳
史記4 逆転の力学	司馬遷 和田・山谷訳
史記5 権力の構造	司馬遷 大石・丹羽訳
史記6 歴史の底流	司馬遷 村山・竹内訳
史記7 思想の命運	司馬遷 西野・藤本訳
史記8『史記』小事典	久米・丹羽・竹内編